聊斋的狐鬼世界

张国风 著

天津出版传媒集团

天津人民出版社

图书在版编目（CIP）数据

聊斋的狐鬼世界 / 张国风著 . -- 天津 : 天津人民
出版社 , 2019.8
（大家小札系列）
ISBN 978-7-201-15127-4

Ⅰ . ①聊… Ⅱ . ①张… Ⅲ . ①《聊斋志异》 – 小说研
究 Ⅳ . ① I207.419

中国版本图书馆 CIP 数据核字 (2019) 第 185983 号

聊斋的狐鬼世界
LIAOZHAI DE HUGUI SHIJIE

出　　版	天津人民出版社
出 版 人	刘　庆
地　　址	天津市和平区西康路 35 号康岳大厦
邮政编码	300051
邮购电话	（022）23332469
网　　址	http://www.tjrmcbs.com
电子信箱	reader@tjrmcbs.com

责任编辑	李　荣
装帧设计	UNLOOK · @广岛Alvin

制版印刷	北京金特印刷有限责任公司
经　　销	新华书店
开　　本	880 × 1230 毫米　1/32
印　　张	8
字　　数	256 千字
版次印次	2019 年 8 月第 1 版　2019 年 8 月第 1 次印刷
定　　价	50.00 元

序

　　我很喜欢《聊斋志异》，尤其是其中的那些名篇。一是文笔的优美；二是作者蒲松龄构思的细腻；三是作者对弱势群体的同情。

　　《聊斋志异》的文字非常美，经得起一遍遍的阅读。蒲松龄的诗歌功底很深厚，影响到小说对人物，尤其是对女子的描写，影响到小说中意境的渲染。与此有关，他的骈文写得很漂亮，文采飞扬，兼有诗歌的美丽和散文的流畅。《聊斋志异》是文言小说，除了文言的精炼之外，又从日常口语中吸收了很多灵感，加以提炼。不是口语，胜似口语。把人物的思想性格、心理活动，刻画得非常传神。蒲松龄的构思非常巧妙，不管情节如何离奇，他也要让它合情合理，不让它有一点勉强的地方。这是蒲松龄非常坚持的地方。他的构思非常的细腻，我们必须仔细地阅读，才能体会到他的匠心独运。虽然蒲松龄从史传文学中汲取了很多的营养，譬如说，他写人物，往往笔头跟住人物的命运不放，使读者对人物有一个完整的印象；再如他对人物的刻画，爱而知其恶，憎而知其善，这也是受了史传的影响。但是，蒲松龄的写法与史传又很不一样，譬如他在故事的开头常常并不对人物作全面的介绍，而是简单地点出几处，在情节的展开中再逐步地进行深入的描写，并与开头的强调进行呼应。《聊斋志异》对弱势群体的呵护同情，给我留下了深刻的印象。这一点无需多说，人们从《席方平》《促织》《梦狼》等作品中可以体会得到。

蒲松龄在科举的道路上，可以说是屡战屡败，而又屡败屡战。怀有绝世之才的蒲松龄，竟以秀才终身。他的坎坷，超过了吴敬梓笔下的周进和范进。这是蒲松龄一生的屈辱和痛苦。这一点在《叶生》《司文郎》等作品中获得了淋漓尽致的抒发。这位天才的小说家把最大的轻蔑送给了科场的试官。

读古代的名著，就是与古人，与古代文化的优秀代表对话，通过这种对话，我们不但获知了很多有关古代的历史知识，而且被他们的痛苦和不幸所感动，被他们的思想所启发，被他们的气质所熏染。

本书是我阅读《聊斋志异》的点滴体会，不一定准确，不一定高明，愿与同样喜欢这部名著的读者交流共勉。

2019年4月张国风于北京西郊

目录

孝可感天

蒲松龄的小说伦理色彩很浓，借小说而惩恶扬善的意图非常强烈。这种意图特别鲜明地体现在人物的结局上。伦理至上，这正是传统文化最核心的精神。蒲松龄当了一辈子塾师，孟子曰："人之患，在好为人师。"塾师的职业习惯渗透到小说里来，就是喜欢教训人。蒲松龄的每一篇小说都要寄托教训，对于他的小说创作来说，有利有弊。有利的是，作者带着一种社会责任感创作，带来一种严肃的创作态度。不利的是，作者喜欢说教，会损害艺术的美。幸运的是，蒲松龄在惩恶扬善的同时，尽可能地照顾到了生活的真实。他的作品在很高的层次上达到了教化与艺术的统一。

五伦之中，蒲松龄对君臣之义没有兴趣，《聊斋志异》里没有一篇作品是表彰忠君的。蒲松龄是个乡村的秀才，屡试不举，淹蹇场屋，始终未能跻身统治者的行列。皇上的雨露没有洒到他的身上，他对统治者没有什么好感。所谓太平盛世，享受繁荣之果的，永远是极少数的人。他最推崇的是孝，《仪礼》中说："夫人伦之道，以德为本。至德以孝为先。"不光是儒家这么说，它早已成为全民的认识。历史上那些手刃父仇的人，即便不能得到法律的宽容，也必能获得舆论的强烈同情。《考城隍》一篇，位列《聊斋志异》之首，可谓开宗明义。如何垠之评点所说："一部书如许，托始于《考城隍》，赏善罚淫之旨见矣。篇内推本仁孝，尤为善之首务。"确切地说，从艺术上看，《考城隍》在《聊斋志异》中并非一流之作，但是，它在体现蒲松龄的创作意图方面是非常鲜明的作品。

《考城隍》的构思并不新鲜。传说颜渊、子夏死后成为地下的修文郎。李贺死后，被天帝请去撰写《白玉楼记》。这类传说很多，一方面在纪念死去的尤其是英年早逝的人才，一方面在安抚活人的心灵。这类传说渐渐地由名人发展到一般人，于是，在六朝至唐的志怪和传奇中，就出现了这样的故事，一个文人因为文章写得好，被请到阴间，去做点文字的工作，他不愿意，乞人替代，经过一番曲折，终于找到替身，侥幸得脱，回到阳间。可是，蒲松龄接过这一古老的题材，腾挪变化，将故事讲得更有人情味，描写更细腻，文字更流畅，生活气息更加浓郁。

蒲松龄一般并不在意小说的纪实性，可是，对于这篇开宗明义的作品，为了使故事显得更加真实、亲切，作者有意地增加了故事的纪实色彩。主人公是作者的"姊丈之祖宋公"，小说的结末交代说：

聊斋的狐鬼世界

"公有自记小传，惜乱后无存，此其略耳。"故事本身并不复杂。宋公病中，有人来请他赴试。宋公感到十分奇怪："文宗未临，何遽得考？"作者故意写得含糊其辞，以完成情节从现实到超现实的过渡。我们看志怪和传奇中，从现实到超现实、非现实的过渡，一般都是如此，病中、梦中，或是醉意朦胧之时，总之，神志恍惚之时，多幻象幻觉，少理性判断，糊里糊涂、不知不觉地就跨进了仙界、冥界。《聊斋志异》中更多的是冥间，因为冥界虽然可怕，却可以容纳更多的不平和痛苦，与平民的距离也更近。地狱虽然阴森可怕，但那是惩治恶人的地方，那里有人间缺失的道德法庭。而仙境虽然金碧辉煌，却虚无缥缈，可望而不可即，可敬而不可亲。《聊斋志异》中，《席方平》《于去恶》是例外，说阴间和阳间一样的黑暗，一样的贿赂公行，没有正义和公平。但是，席方平终于有二郎神替他找回了公平，于去恶则有张桓侯使他扬眉吐气，还是比阳间强。

宋公进了冥间，所见所闻，并无多少特别之处。只是这里提到，上面列坐的官员中，居然有大名鼎鼎的关羽。蒲松龄对关羽颇为崇拜，他为关帝庙写过碑记，说关帝"为人捍患御灾，灵迹尤著"。考试的题目是"一人二人，有心无心"，好像八股的破题，宋公答得也很简单："有心为善，虽善不赏；无心为恶，虽恶不罚"。蒲松龄考了一辈子，在八股上下过苦功，八股里的破题自然是非常熟悉，毕竟练得很多，用到小说里来，也很自然。我们看《叶生》一篇，就有宋生出色的破题，其实是作者在那里露了一手。当然，蒲松龄那种小说家的破题真要用到考场上，恐怕是有害无益，因为小说家的破题，决不会符合代圣贤立言的口吻。《考城隍》里，诸神欣赏宋公的才思敏捷，当即任命他为河南某处的城隍，此时此刻，宋公才觉悟到自己已经告别人间，不禁悲从中来。他哀求宽限岁月，以奉养老母："辱膺宠命，何敢多辞。但老母七旬，奉养无人，请得终养天年，惟听录用。"这是小说的关键之处，宋公的拒绝任命，不是惜命怕死，而是为了奉养老母。于是感动诸神，尤其是关公为他说了话："应即赴任，今推仁孝之心，给假九年，及期当复相召。"感动之余，政策放宽。以前类似的故事里，常常是托关系，走后门，甚至是送礼行贿、作弊弄假、找人替死。宋公提出老母的赡养问题，这就提高了作品的思想境界。工作总得有人来做，同时参加考试的长山张某便暂时代理城隍之职。张某考得怎么样，作者没有交代，大概是不如宋吧。张某在小说里只是一个陪衬，对考官来说，他只是一个替补，但是，没有替补也不行，没有张某，宋公就脱不了身，所以张某也不是可有可无的。宋公回到阳间，这是志怪传奇里常见的公式，人死了几天，忽然醒来，像做了一场梦。而张某就在同一天死去。九年以后，有人马来迎接宋公赴任，这都是对冥间一段的呼应。作品特别强调，宋公在赴任以前，已经将老母的后事料理妥当："营葬既毕，浣濯入室而殁"。

　　　　　　　　　　　　　　　聊斋的狐鬼世界

情节并不复杂，突出一个孝字，孝可感天，因此而成为《聊斋志异》开宗明义的作品。

孝的思想，表现于《聊斋志异》中许多的作品。我们读《席方平》，觉得作者是在揭露腐败，但作者的创作意图，更主要的是在写孝。所以他在"异史氏曰"里说："忠孝志定，万劫不移。异哉席生，何其伟也！"《田七郎》一篇，田七郎是个侠义人物，作者却处处在写他的孝。难怪但明伦的评点说："能为孝子，然后能为忠臣，为信友，为义士。"蒲松龄对妒妇、悍妇的谴责，很大程度上是从"不孝有三，无后为大"着眼的。妒妇、悍妇自己不生儿子，也不让丈夫娶妾；有了妾，不让丈夫与妾亲近；妾怀孕以后，又促其堕胎。《钟生》一篇，道士对钟生说："子福命至薄，然今科乡举可望。但荣归后，恐不复见尊堂矣。"钟生至孝，"闻之泣下，遂欲不试而归"，"早归一日，则多得一日之奉养"。结果感动神明，母亲延寿一纪，钟生中举。

恐怖小说

我们读李贺的诗，只觉得凄恻、艳丽、诡谲、神秘，时有鬼气，难怪人家称他是鬼才。鬼气是鬼气，不损其美。《苏小小墓》一篇，他能把一个坟场、一个幽灵，写得那么美。《聊斋志异》中多讲狐鬼，真正有意渲染恐怖的作品却不多。《尸变》是一篇恐怖的小说。夜深人静之际，停尸房里，女尸起而杀人，奔而逐人，穷追不舍。这自然是迷信，但我们由此可以看出蒲氏制造悬念、渲染气氛的高明手腕。

故事发生在一家临街的小旅店里。情况非常特殊，旅店客满，而店主子妇新死，于是，迟到的四位客商竟住进了和停尸房相通的一间房子。一面是客商"坚请容纳"，一面是店主"似恐不当客意"，这是说明客商住进停尸房这一情节的合理性。《聊斋志异》里的故事再离奇，再耸人听闻，也要还你一个合情合理的情节，让你挑不出一点儿勉强的地方。这是蒲氏的本事，也是他非常注意、非常坚持的地方。客商一路奔波劳碌，疲惫不堪，急于休息，不挑剔居住条件，固然是不得已；店主要揽客，图赚钱，既然客人不挑，乐观其成，亦在情理之中。"翁沉吟思得一所，似恐不当客意"，"沉吟"才思得一所，说明他介绍那么一间房子的时候，也不无犹豫和顾虑，所以说"似恐不当客意"。停尸房的情况，蒲氏略加点染，一是"灯昏案上"，二是"纸衾覆逝者"。鬼尚未出来，已是鬼气拂拂。四客奔波疲极，唯思一榻，竟将就住下。看来都是无神论者，否则的话，再困也不至于睡在与停尸房相通的房间里。其中三人沾枕就着，"鼻息渐粗"，黑甜一梦，不知所之。我们不能不对三人的勇气表示由衷的钦佩，如果在晋宋之际，这三位客商一定会被刘义庆编进《世说新语》的《雅量》一栏。倘若四客都是酣睡不觉，则恐怖的场面就将死无见证，幸好四客中有一人尚在朦胧迷糊之中，他因此而不幸成为恐怖事件的目击者，又因此而成为大难不死的幸存者。

先是听到灵床上"察察有声"，未见其鬼，先闻其声。接着，借着灵前灯火，看到女尸揭衾而起，慢慢进入卧室，恐怖的戏剧从此拉开了序幕。对女尸的样子，小说有八个字的描写："面淡金色，生绢抹额"，亏得客商惊恐之余，还能注意到女尸的面色和额上的生绢。只见女尸俯身对着客商一个一个地吹气，那位朦胧的客商此时此刻没有晕过去，也没有大声呼救，已是很不简单，他的心理素质应该说是相当不错的了。"潜引被覆首"，"闭息忍咽"，唯恐被尸鬼发觉他还活着，这是他自我保护的必然反应。尸鬼俯身，对着几位客商，一个个地吹过以后，也对他吹了一阵，然后就走了出去。那位客商在被子里只听得纸衾的声音。整个过程和动静完全从这个受惊的客商的感受去描写，所以显得格外恐怖。读者读着读着，仿佛置身其中，毛骨悚然。客商听得女尸出房，悄悄掀起被角，偷偷一看，那女尸又回到尸床上，若无其事地躺下了，一动不动，好像什么都没有发生一样。客商悄悄地用脚蹬了蹬他的三位伙伴，发现他们一动不动，已经死去。孤掌难鸣，他越想越怕，苦思无计，求生的欲望使他鼓起勇气，偷偷穿起衣服，准备逃跑。三十六计，走为上计。谁知这时女尸那边又传来纸衾的声音，大概是女尸听到了这边有动静，怀疑这边还有活口，想过来"补枪"。客商一看不行，赶快装死躺下，缩进被里。那女尸又来，吹了一阵才走。从小说的角度来说，这是有意制造曲折。听女尸又躺下，客商赶快蹬上裤子，鞋也顾不得穿就往外飞跑。女尸立即起床，要来抓他，女尸刚起来，客商已将门闩拔开，真是千钧一发。客商光脚，一路狂奔，女尸尾随其后，紧追不舍。客商一边跑，一边大声呼救，但是旷野之中，凄厉的呼救声却没有得到一点回应。本想去敲店主的门，又怕耽搁时间，被女尸追上。好不容易看到一座寺庙，里面隐隐传出敲木鱼的声音，客商发疯似的敲击山门，可念经的和尚不明底细，又不敢开门。眼看就要被女尸追上，客商借着一棵大树和她周旋，女尸伸手抓他，竟"抱树而僵"，客商也昏厥倒地，故事戛然而止。后面便是一点尾

　　　　　　　　　聊斋的狐鬼世界

声。尾声中令人难忘的一幕，是女尸的可怕："使人拔女手，牢不可开。审谛之，则左右四指，并卷如钩，入木没甲。又数人立拔，乃得下。"不难想象，这双魔爪如果用来抓人，那将是多么的恐怖！

尸鬼虽然可怕，但真正的恐怖，不是女尸的面目如何狰狞，而是人对死亡的恐惧。而且这种死亡的威胁悄然而至，让人猝不及防。卧榻之旁，咫尺之遥，躺着如此凶残之女尸，四位客商竟没有一点儿防备的措施，没有应急的预案，没有一点儿心理的准备。难怪当灾难从天而降的时候，三人死去而不知如何死去。一人受尽惊恐，侥幸得脱，仅以身免。虽然大难不死，但那种心理的创伤大概是终身不愈的了。那恐怖的一幕，恐怕将成为他心中永远无法摆脱的阴影。

轻薄之戒

　　《瞳人语》一篇，情节并不曲折，主题非常单纯，就是轻薄之戒。《聊斋志异》的写法，受史传文学的影响，受文言小说传统的影响，一般喜欢盯住主人公的行踪，笔头跟着他不放，围绕主人公的荣辱沉浮、悲欢离合来展开描写。这样写的好处，是紧扣人物的命运，不枝不蔓，使读者容易得到一个集中的印象。《聊斋志异》的写法，一般都是一开始立即将男主角推出来，而女主角则在以后的情节中带出来。而男主角的出场，一般是抓住其思想性格的要点，三言两语，点到即止，说多了，读者反而不得要领。随着故事的展开，读者对人物自会有进一步的了解。

　　《瞳人语》一篇，开篇即介绍说："长安士方栋，颇有才名，而佻达不持仪节。每陌上见游女，辄轻薄尾缀之。"这段文字，将主人公定格为有才、有名、好色、轻薄的类型，这就是作者描写方栋的一个纲。轻薄好色是他的取祸之道，有才有名是他受到惩罚以后，能够忏悔、获得原谅的原因。

先是清明节时在郊外偶遇美人。在古代，这种节日正是青年男女难得的见面机会。但这里不是要写男女相悦的浪漫爱情，而是要惩戒轻薄之徒。方生见到车中女郎，"红妆艳丽，尤生平所未睹，目眩神夺，瞻顾弗舍，或先或后，从驰数里"。女郎并非等闲女子，而是"芙蓉城七郎子新妇"，方生因此而惹祸。六朝的志怪、唐人的传奇里，就有很多轻薄子与女神戏谑而招致酷报的故事。《封神演义》的第一回，就写纣王女娲庙进香，见女娲美色，题诗调戏，后来即因亵渎神灵而遭到酷报，把江山给丢了。芙蓉城女郎的报复非常古怪，她的婢女扬土迷了方的眼睛。方生"才一拭视，而车马已渺"，这是写女郎的神秘。方回家以后，双目逐渐失明，症状类似今日所谓白内障。病情的发展有一个过程，先是"觉目终不快"，接着"睛上生小翳"，"经宿益剧，泪簌簌不得止；翳渐大，数日厚如钱，右睛起旋螺，百药无效"。虽然这是超现实的情节，但眼病的症状却符合人的相关经验。蒲松龄最善于在超现实的想象中渗入现实生活的体验，使人欲不信而不得。病情的发展非常迅速，看来，女郎的报复心真是不可低估，简直是立竿见影。失明的痛苦使方生对自己的轻薄不免心生忏悔，并开始诵读佛经，于是，事情有了转机。神异的是，瞳中似乎有两个人在小声地对话。显然，这两个躲在方生瞳仁里的小人，就是女郎调理方生、惩罚轻薄之徒的武器。两个小人好像是两个顽童，他们嫌瞳仁里黑黑的，闷人，要出去散心解闷。当然，他们一旦跑出去，把瞳仁外面的厚翳钻破，方生也就有希望恢复视力。两个瞳中小人的出走过程，写得很细，这是作者有意盘旋的地方，也是展示作者想象力的段落。

两个小人不是立即钻破眼翳飞出去，而是从鼻子里钻了出去。一会儿，玩够了，"复自鼻入眶中"，说是园子里的珍珠兰都枯死了，原来两人去花园逛了一趟。一问妻子，园子里的珍珠兰果然枯萎了。两个小人又嫌从鼻子里出去太麻烦，要开辟更为直接的道路，于是，方生复明的希望出现了。可惜，他们都从左眼钻了出去。左眼的视力得以恢复，而右眼却厚翳如故。看来，方生的忏悔和读经，尚不足以完全赎清他的罪过，清明节的一番轻薄，让他付出了惨重的代价。其实他不过是跟踪了人家一段，没想到遭到如此惨烈的报复，看来神灵是不能轻易亵渎的。因果报应，不但有质的要求，而且有量的计算，犹如法律上的量刑。轻薄而亵渎神灵，双目失明；忏悔读经，恢复一目的视力；如果不忏悔，不读经，那就永无复明之日。

《瞳人语》一篇的本事出自欧阳修的《六一诗话》和张师正的《括异志》，当然，有人说，《括异志》是魏泰假托张师正之名而作。《六一诗话》提到石曼卿的故事，说他是芙蓉城主：

曼卿卒后，其故人有见之者云，恍惚如梦中，言我今为鬼仙也，所主芙蓉城。欲呼故人往游，不得，忿然骑一素骡，去如飞。

《括异志》里说丁度的故事：

庆历中，有朝士将晓赴朝，见美女三十余人，靓妆丽服，两两并马而行。丁度观文按辔其后。朝士惊曰："丁素俭约，何姬之众耶？"有一人最后行，朝士问观文："将宅眷何往？"曰："非也。诸女御迎芙蓉馆主。"俄闻丁卒。

蒲松龄的《瞳人语》一篇，将石曼卿和丁度的传说捏合在一起，加以生发，赋以轻薄之戒的主题。《聊斋志异》里尚有《黎氏》一篇，亦写轻薄之戒，结果极为惨烈。谢中条遇黎氏，死皮赖脸地追逐，强与野合。谢中条将黎氏带入家中，"婴爱异常"。一日，办事回来，"方至寝室，一巨狼冲门跃出，几惊绝。入视子女皆无，鲜血殷地，惟三头存焉。返身追狼，已不知所之矣。"可是，《聊斋志异》的艳情故事里有许多轻薄之徒，反而如愿以偿。由此可见，蒲松龄的思想很复杂，难以一概而论。小说都是即景生事，不是哲学论文，万万不可较真，你要较真，只会自讨没趣。

幻由人生

　　《画壁》是一个典型的艳遇故事。地点是在京都的一座寺庙，一场艳遇就发生在这个宗教场所，《聊斋志异》特别喜欢将故事的地点设在寺庙。在明清小说里，寺庙常常是发生艳遇故事或风流案件的地方，小说家和戏曲家之所以喜欢选择寺庙作为风流故事的场所，有多方面的原因。首先，在封建社会里，青年男女没有正常的社交机会，寺庙是一个男女都可以去的地方，张生和崔莺莺的相会就在普救寺。其次，寺庙宫观本是宗教庄严之地，这里发生风流故事当然会更加耸人听闻，而为市民所喜闻乐见，津津乐道。《画壁》写的不是宗教徒，而是随喜的游客和画壁美人之间的艳遇。

　　故事的男主角是朱孝廉，孝廉就是举人，是有身份的人。我们只要看《儒林外史》里的范进中了举人以后，是何等光景，想想胡屠户的前倨后恭，就明白举人是怎么回事了。可怜那朱生见到画壁上的散花天女，"不觉神摇意夺"，看来朱生虽然读书读到孝廉，但四书五经还是没有读好，天理不敌人欲，抵御不住美色的诱惑。蒲氏的诗词功底很厚，所以他描写画壁美人纯用诗笔，寥寥十二个字就写出一个美少女的风采神韵："拈花微笑，樱唇欲动，眼波欲流。"看来，美人的要素，嘴要小，樱桃小口，眼睛会说话。眼睛好看虽然不是充分的条件，却是必要的条件。没有听说眼睛不好看而成为美人的。不是"动"，而是"欲动"，不是"流"，而是"欲流"。这是写美人的羞怯，欲言又止，羞怯也是一种美，美而羞怯，就越显其可爱。封建社会里，女性的主动是轻佻的表现，而羞怯则成一种美。过犹不及，羞怯不等于呆若木鸡，而是"发乎情，止乎礼"，"犹抱琵琶半遮面"，最符合中庸之道。恍惚之中，朱生已经到了画壁之上，关键就是"恍然凝想"四个字。现在人喜欢说"心想事成"，是过年话。其实只是图个喜庆而已，没有实际意义。人生不如意事，常十之八九，哪有什么"心想事成"。看来，人是需要一点儿阿Q精神的。蒲氏说"幻由人生"，亦即"幻由心生"，是想讲点人生的哲理。如果我们要强分虚实，则朱生见画中美人，故事还是在现实生活之中，"身忽飘飘，如驾云雾，已到壁上"，则已经进入非现实境界。中间的转折极为自然，转折的枢纽就是"不觉神摇意夺"。心之所至，身即随之。朱生像做梦一样进入一个超现实的世界，非常符合人们"日有所思，夜有所梦"的生活体验，只不过朱孝廉是在白日做梦，这个极为自然的转折造成一种真幻相间的心理效果。下面便是朱生和"垂髫儿"的寻欢。朱生和美少女，双方都尽可能地少说话，先是少女"暗牵其裾"，接着是"举手中花，遥遥作招状"。临走时，朱"嘱勿哕"。神神秘秘，一切都在无声中进行，非常默契，心有灵犀一点通，此时无声胜有声。偷尝禁果，烈火焚身，紧张而胆怯，心怦怦然，很符合艳遇者的心理。一见钟情，女子"亦不甚拒"，半推半就。

两人私合不久，平地起风波，添出"女伴觉之，共搜得生"这一插曲。蒲氏擅长写小女孩之嬉闹，写来恍然生动，正和曹雪芹一样。恰如冯镇峦的评点说："点缀小女子闺房戏谑，都成隽语，且逼真"，"通篇毕子不多着语，最喜小女儿声口一一如绘"。(《狐梦》)难怪《聊斋志异》和《红楼梦》里描写得出色的人物大多是女孩。女伴们一面打趣："腹内小郎已许大，尚发蓬蓬学处子耶？"一面又很知趣："妹妹姊姊，吾等勿久住，恐人不欢"，"群笑而去"。转眼之间，胎儿已经长大，这当然是夸张，画壁女子的反应是"含羞不语"。这一插曲，拉近了虚幻的超现实世界和现实世界之间的距离，使故事充满了生活气息。群女已走，四顾无人，朱生见上鬟后的女子，少女一变而为少妇，另是一番风韵神采，愈觉可爱，这是为下一步的高潮蓄势。

故事的节奏非常之快，情节密度很大。女伴的出现没有对两人构成威胁，接着，真正的威胁到来了，金甲使者来查户口了。这里还是从人物的反应入手，突出其心态的特征："女大惧，面如死灰"。朱生则藏匿榻下，"不敢少息"。涉世未深，没有见过这种场面，面对突发事件，没有一点儿应变的能力。银样镴枪头，其性格之怯懦，亦由此可见一斑。女伴们都说没有外人，这是写女伴们对女主角的同情，她们担着风险来掩护爱情中的伙伴。

此时此刻，作者又掉转笔头，将故事拉回到现实世界中来。朱生的朋友孟龙潭正向僧人打听朱生的下落，僧人回答说在壁画上。而朱生竟"飘忽自壁而下"，"灰心木立，目瞪足挠"，朱生已经脱离险境，但惊弓之鸟，惊魂未定，心头小鹿，怦怦不已。身子已经从画壁上下来，但魂还在画壁之上。情景已经从虚幻变成现实，心理却保持了状态的连续。画壁中的艳遇是虚幻的、非现实的，朱生的心理轨迹却是非常真实的。

蒲氏很想给他的故事赋予一点儿哲理、一点儿教化的价值。老僧的话"幻由人生"四个字，便是作者的点睛之笔。意思是说，心中有了邪念，便会出现虚幻的情景。可是，给读者的实际感受，只是一场艳遇而已。蒲氏的"异史氏曰"，主观上是要篇末点题，概括主题，却常常与读者的实际感受发生错位。

纵观全篇，一男一女，偶遇于寺庙画壁之上。壁上美人，引发遐想，化作一场艳遇，悄然而来，戛然而止，所谓一场春梦。男女相悦，一无父母之干涉，二无财产门第之考虑，亦《聊斋志异》中常见之艳遇公式。可见，在这类故事中，作者无意来写爱情与礼教之冲突，他的目的，全在"幻由人生"四个字上。

画而有灵，画能通神，早就成为志怪、传奇中的题材。这类故事可以说是层出不穷，《历代名画记》里便收了很多。林登的《续博物志》一书中，有一个《黄花寺壁》的故事，讲的是后魏时黄花寺妖画蛊惑少女的故事。《闻奇录》里的《画工》一篇，《八朝穷怪录》里的《刘子卿》一篇，都是画中美人落地而与男子交往的故事。蒲松龄的《画壁》大概是受到了类似故事的启发。

化腐朽为神奇

溺水而亡者，必须等待下一个溺水者，然后才能投胎转世，获得解脱。《北梦琐言》有云："江河边多伥鬼，往往呼人姓名，应之者必溺，乃死者魂诱之也。"因为有这样一种求人取代的利益驱动，所以人临水边，常因受到溺鬼的迷惑而投水。好像一种死亡的接力，非常残酷。这当然是一种民间的迷信。可是，蒲氏利用这种迷信，化腐朽为神奇，编织出一朵艺术的花朵。这就是卷一的《王六郎》。

故事的线索是许某和溺鬼王六郎的友谊，这条线索贯穿始终。虽然并写许某和王六郎，但小说的重点是写王六郎，许某只是陪衬。写许某，全用明笔，写王六郎，多用暗笔。王六郎的思想和行为，常常是通过许某的感受去写出来。这种写法很含蓄，也很高明，给人咀嚼不尽的感觉。许某每次打鱼，必酹酒以祭溺鬼。少年与许某邂逅于河上，一见如故，同酌尽欢。少年与许某一夜饮酒，"既而终夜不获一鱼"。这个细节暗示读者，如果没有少年暗中相助，许某打不到多少鱼。蒲松龄用笔极细，我们非细心而不能体会到他的用心。许某因为终夜不获，非常失落，少年驱鱼而报答许某。开始的时候，在溺鬼这一边，这种友谊建立在一种恩报观念的基础之上。但这种友谊的发展，又超出利害关系的局限，发展为深厚的真挚的友情。许某酹酒而祭溺鬼，是对溺水者的同情和哀悼，本来没有希图溺鬼的报答；溺鬼之驱鱼而报答许某，更多的是出于对许某人品的敬重。故事发展到这时，虚虚实实，若说是现实的故事吧，他的出现很突然，不速之客，从天而降；你说王六郎非人类，则他和许某的情谊，与人间无异。蒲氏非常善于设计这种虚实相间的情节，借用虚虚实实、真真假假的情节来加强悬念，考验人物，加大故事的张力。

新的溺水者即将出现，分离在即，王六郎终于向许某坦白了自己的真实身份，至此，前面的悬念和疑惑得到消解：原来王六郎嗜酒，沉醉溺水，为许驱鱼，是为了报答其酹酒祭鬼之恩。许某听说后的反应非常自然："许初闻甚骇，然亲狎既久，不复恐怖。"这也是《聊斋志异》中常见的情况。开始不知对方是异类，相处到一定阶段，对方的身份终于暴露，或者是像王六郎这样自己坦白出来，或者是无意中暴露出来。故事是超现实的，但异类和人的反应，与现实的人一模一样，这是蒲松龄非常注意、始终遵守的要点。值得注意的是，王六郎告别的时候，"语甚凄楚"。本来，他等了数年，好不容易等来一个替死鬼，应该高兴才是，为什么又如此凄伤呢？

　　　　　　　　　　　　聊斋的狐鬼世界

唯一的解释，是舍不得"情逾骨肉"的挚友，这是写王六郎的笃于情感。他无疑在苦苦地等待着替死鬼的出现，但分离的痛苦压倒了即将解脱的快乐，"听村鸡既唱，洒涕而别"。蒲松龄十分注意细节，这是一个小小的例子。许某与王六郎见面的时候总是在晚上，许某打鱼也是晚上，"每夜，携酒河上，饮且渔"，因为鬼是晚上出来活动，等到雄鸡一唱，天下大白，鬼就消失了。

悬念消失，情节失去了动力。可是，更重要的故事在后面，更重要的主题还在后面，对王六郎的更加深入的描写，还在后面。王六郎不忍母子替死，放弃投胎转世的机会，母子终于脱险的一幕，无疑是小说的高潮，也是最为动人的一幕：

果有妇人抱婴儿来，及河而堕。儿抛岸上，扬手掷足而啼。妇沉浮者屡矣，忽淋淋攀岸以出，藉地少息，抱儿迳去。

文字不多，但情景生动如画。"扬手掷足而啼"六个字，写尽母子生离死别的凄惨；"妇沉浮者屡矣"，写溺水者的垂死挣扎，读来惊心动魄；"忽淋淋攀岸以出"，刻画妇人脱险情景，精练至极。这里，对许某矛盾心理的刻画非常到位，见死不救，于心不忍，"转念是所以代六郎者，故止不救"。写许某，其实正是写六郎，作为当事者，作为利益攸关方的六郎，面临如此痛苦的抉择，内心的冲突必定非常激烈。情况的紧急使他不能有片刻的犹豫，他必须在瞬间作出这一艰难的选择。"妇沉浮者屡矣"，是妇人挣扎的瞬间，也是王六郎生死选择的瞬间。是把握这一苦等了数年的解脱机会，还是把生的希望交给母子二人，王六郎没有犹豫，在转瞬之间作出了高尚的选择："仆怜其抱中儿，代弟一人，遂残二命，故舍之。"母子获救，而他自己选择了放弃，"更代不知何期"。于是，一切都回复到以前的情景。

小说到这里也可以结束了，但蒲氏喜欢给他所欣赏的人物一个好的结局。另外，他要将友谊的主题进行到底，写王六郎由溺鬼而升为神以后，对老友是何种态度。于是，人物的命运继续向前发展，王六郎的善念感动了天帝，被授为招远县邬镇的土地，他托梦给老友许某，诚恳地邀他前往一会。许某则跋涉数百里，去看望王六郎。但王六郎拘于身份，已不能现身相见。村人热情招待，助以资斧。许某回到家乡，家境稍裕。如此，许某和王六郎的友谊获得一个善始善终的结局。

作者的"异史氏曰"，由许某与王六郎的有始有终，感慨于时风的势利："有童稚交，任肥秩。计投之必相周顾。竭力办装，奔涉千里，殊失所望。泻囊货骑，始得归"。但是，这篇小说给我们印象最深的，却是那妇人沉江的一幕。

但明伦的评点也注意到了沉江的一幕，又和蒲氏一样感慨于世态的炎凉："一念之仁，感通上帝，所谓能吃亏者，天必不亏之也。然则利人之死，以求己之生；致人之危，以求己之安；逼人之败，以求己之成；扬人之恶，以求己之善；甚且假公济私，吹毛求疵，败人名节，倾人身家，绝人性命，以求己之功名富贵者，伊古以来，罔不倾覆。前车之鉴，有仁人之心者，当毋忽此。"但明伦又反对"妇人之仁"，对坏人滥施慈悲，"若夫为国锄奸，为民去害，又当鹰鹯逐之，且雠仇视之，不宜为妇人之仁，亦且自置死生于膜外矣。因溺鬼不忍人死以代己也，故推论及之"。

魔术之最

　　《聊斋志异》涉及社会生活的方方面面，《偷桃》一篇，写的是魔术。这种魔术的虚幻，不在现代的科幻魔术之下，那种惊心动魄的情景，让人叹为观止。

　　古代的魔术，和现代的魔术有所不同，它是一种戏剧化的、杂技化的魔术。其中不但有令人眼花缭乱的魔幻，而且有世俗的人情世故，这一点对现代的魔术应该有所启发。现在的魔术，受西方魔术的影响，把魔术中固有的人情世故都淘洗掉了，恐怕是失大于得。《偷桃》里出场的演员，是一老一小，父子两个，时间是春节前一日，地点是藩司。彩楼鼓吹，"游人如堵"，"万声汹动"，热闹非常，这种节日风俗，名之曰"演春"。其中的一个重头戏便是魔术。

　　先是吏人问老的有何特长，那老的千不该、万不该，吹了个牛，说是"能颠倒生物"，于是，官员就说要变个桃子。接着，小的埋怨老的，不该给自己出难题，老的说，话已经说出去，收不回来了，这个时令没有桃子，只有去偷王母娘娘的仙桃了。老的拿出一团绳子，让小的爬上去偷桃：

出绳一团，约数十丈，理其端，望空中掷去；渺入云中，手中绳亦尽。

气氛立即变得惊险恐怖。小的怕死不敢上，老的哄小的说："我已经失口答应。现在后悔也来不及了。你上去吧。官府必有百金的重赏。我给你娶房漂亮的妻子。"这个开场自然是艺人预先设计的，为的是增加噱头，加强悬念，吸引观众。观众必定在心中骂这个老的，全无人心，为了蝇头小利，竟拿自己儿子的性命作赌注。下面便是惊心动魄的正戏：

子乃持索，盘旋而上，手移足随，如蛛趁丝，渐入云霄，不可复见。久之，堕一桃，如盌大。

随着小孩越爬越高，气氛越来越凝重。"盘旋而上，手移足随"八个字，用得非常准确，爬绳就是如此。"如蛛趁丝"这个比喻，极贴切，又极生动，写出了越爬越高、渐入云中的情景。绳子看起来，好像越来越细，小孩的身影越来越渺小，就像一个小小的蜘蛛。不是"孤帆远影碧空尽"，而是"儿影渐微碧空尽"，人们不由得为小孩的安全担忧起来。好久，桃子落下来，人们一面惊叹魔术的高超，不可思议，一面也更加为孩子担心。"忽而绳落地上"，艺人大惊，形势急转直下，气氛由凝重转为悲怆。接着，孩子的头掉落云中，艺人捧之而泣。小孩的一足，乃至肢体，一一坠落。这是小孩偷桃被害，艺人大悲，将儿子的肢体一一收进箱里，艺人向官员乞怜赐金葬儿。"坐官骇诧，各有赐金"，赐金才毕，艺人即拍拍箱子，呼唤小孩赶快出来谢赏："八八儿，不出谢赏，将何待？"

《偷桃》一篇，写出扣人心弦的紧张气氛，把偷桃这个节目描写得波澜迭起。小孩往上爬的时候，读者为之屏息凝神，孩子遇害，读者为之悲伤惋惜，最后的结局更是出人意料，观众和读者必定都是惊得目瞪口呆，这就更加显出艺人父子技艺的超群绝伦。

聊斋的狐鬼世界

娇惰不能作苦

　　历朝历代，前往名山古刹学道的人，千千万万，真正学成，真正得道的，又有几人？像《崂山道士》里王生那样的人，还不能算在里面。首先他的动机就不纯，其次，气质不好，心态不好，所谓朽木不可雕也。他根本没有培养的前途，所以道士一直分配他干点粗活。人的外貌，固然有好看与不好看之分，但首要的是气质。眼睛、鼻子、嘴巴都长得很好，但气质不好，总是不美。一件事，能不能做好，心态很重要。运动员讲心态，所谓战胜自己。炒股也说心态第一，策略第二，技术只能排到第三。心态浮躁，急功近利，心理素质差，承受能力弱，十之八九要失败。王生的气质、心态，均一无是处，所以道士不爱理他。

　　题目虽是"崂山道士"，但小说主要写的是王生。作者对王生的心理活动，没有多少直接的描写，但是，王生学道的心路历程却表现得一清二楚。王生是故家子，祖上阔气过。故家子有各种各样的情况，当然不能一概而论，但其中不乏自小娇生惯养、不学无术而又不甘贫困的纨绔子弟。王生是什么样的人，作者没有急于下结论，他不愿意给读者一个先入为主的印象。王生的思想性格，是像剥笋一样一层一层地展现出来的。王生去崂山学道的动机是什么呢？作者用"少慕道"三字，一带而过。这个"慕"字用得非常好，很含蓄。清人的点评说："慕字，书法，已见信道不笃。"

到了崂山，请求拜师学道，谁知道士一看王生的气质，就直言不讳地指出此人"恐娇惰不能作苦"。第一次见面，就没有留下好印象，对他有没有培养前途表示怀疑。"娇惰"二字，更是点破王生病根。王生的回答是："能之。"表示自己有信心，有决心。既然王生有此表态，道士也就把他收下来，留待察看，以观后效吧。王生每天的事情，就是砍柴。道士不幸而言中，才过一个月，王生"手足重茧"，已经"不堪其苦，阴有归志"。失望动摇，知难而退，言行不一，没有经得起考验，这是王生学道的第一阶段。

眼看就要乘兴而来、扫兴而去，道士与两位朋友的聚会却使王生打消了回家的念头。一壶酒，师友三人，外加诸徒，"往复挹注，竟不少减"。这里有王生的心理活动描写："七八人，壶酒何能遍给？"王生的第一反应是怀疑。于是，赶快抢着去倒，他的修养就是如此之差，生怕喝不着。小小一个圆纸片，贴在墙上，就变成了一个月亮，"月明辉室，光鉴毫芒"。一根筷子，竟化作月中嫦娥，载歌载舞。醇酒、明月、美人、仙乐，一会儿登月，一会儿下凡，看得王生心动神摇。"窃忻慕，归念遂息"，作者只用七个字，就含蓄地概括出王生学道第二阶段的心迹。"忻慕"是他的第二反应，"归念遂息"是他的第三反应。他那纨绔子弟的人生追求，逐渐地展露出来。作者的高明在于，并不直接去写王生的所思所想，而只是借王生的视角，借王生的感受，描写道士请客的情景，真所谓不写之写。直接写的是道士请客，目的却是为了写王生，而且写到了他的灵魂深处。

又是一个月过去了，"苦不可忍"，"道士并不传教一术"，真是令人非常失望。王生决心告辞，并向道士一发久蓄心中的牢骚，来了几个月，整天砍柴，不说学长生不老，哪怕是学一点儿小本事，也让弟子觉得不虚此行啊，我在家里可从来没有吃过这种苦。这些话憋了几个月，今天总算一吐为快。有趣的是，道士听了这番话，并不生气，而是笑着说："我固谓不能作苦，今果然。明早当遣汝行。"因为道士早就把他看透，知道王生不是那块料，所以不和他啰唆。道士的笑，是一种不屑解释的笑。王生知道自己不在道士眼里，所以他也没有提出太高的要求，只想学一点儿"小技"。而王生想学的"小技"，竟是穿墙之术。至此，我们才知道，王生不但是娇惰不能作苦，而且心术不正。学什么不好，他偏要学穿墙之术。真是可气又可笑。有意思的是道士的态度："笑而允之"。没有拒绝王生，也没有责问王生学习穿墙之术的可疑动机。道士的"笑",是深知其人以后的轻蔑的笑。王生学穿墙,道士告诉他,动作要快,不能犹豫:"俛首骤入,勿逡巡!"王生鼓起勇气,果然学会了。"大喜",不虚此行,两个多月的辛苦终于有了收获。天地自有公道,付出总有回报。但是,道士给他打了预防针:"归宜洁持,否则不验",穿墙之术可以学。但是,你若是居心不良,法术可就不灵了。这是为后来王生的碰壁作铺垫,埋下伏笔,这可以说是王生学道的第三阶段。道士传授穿墙之术的过程写得很细致。王生先是不敢入,这很符合一般人的心理。接着的"及墙而阻",畏惧心理难以祛除,最后才"去墙数步,奔而入"。在道士的鼓励下,终于豁了出去。穿墙本身是超现实的,但王生的心理反应非常真实。

学成回家,王生向妻子吹嘘,崂山之行,学到绝技,"坚壁所不能阻"。这是欲抑先扬,为下面的碰壁蓄势,兼写王生喜欢炫耀的浅薄。终于"头触硬壁,蓦然而踬","额上坟起",添一大包完事,王生大骂道士没安好心。至此,作者以可笑的一幕,完成了人物刻画最后的一笔。王生之浅陋可笑,可鄙可哂,刻画得淋漓尽致。全部故事就在读者的大笑中结束。

山野的呼唤

　　我们读蒲松龄的《蛇人》，自然会想到唐人柳宗元的《捕蛇者说》。当然，《捕蛇者说》的影响要大多了，因为柳宗元写的是重大的社会问题。细考起来，《蛇人》和《捕蛇者说》有很多的不同。《捕蛇者说》好像一篇社会调查，犹如一位记者向一个捕蛇者所作的采访，它的主题是苛政猛于虎，表达得极为鲜明。柳宗元从关心民生疾苦的立场出发，写了这样一篇散文。捕蛇者对赋敛的恐惧超过了对毒蛇的恐惧，尽管捕蛇是一种高风险的职业，他的祖父和父亲都死于毒蛇之口，但是，捕蛇者执着此道，无怨无悔。柳宗元对捕蛇者的心理刻画非常生动。"吾恂恂而起，视其缶，而吾蛇尚存，则弛然而卧"，这一幕，生动如画，使人掩卷难忘。《蛇人》是一篇纯粹的小说，它的思想内涵比较复杂，一言难尽。蒲氏在篇末的"异史氏曰"里，点出他的创作意图：

蛇，蠢然一物耳，乃恋恋有故人之意。且其从谏也如转圜。独怪俨然而人也，以十年把臂之交，数世蒙恩之主，辄思下井复投石焉。又不然，则药石相投，悍然不顾，且怒而仇焉者，亦羞此蛇也已。

可是，细细咀嚼全文，蒲氏的结尾点题，犹未尽其意。弄蛇作为一种职业，历史非常悠久。汉人张衡，这位多才多艺的科学家、文学家，撰有著名的大赋《两京赋》，被昭明太子录入《文选》。其中的《西京赋》，就提到"水人弄蛇"。由此可见，至少在汉代，就已经有人以弄蛇为职业了。一直到现在，走江湖的人中，还有专门弄蛇的一个行当。"弄蛇"得钱何所营？身上衣裳口中食。他们走街串巷，弄蛇玩蛇，以此谋生。当然，用一句现代的话来说，弄蛇作为职业，是早已边缘化了。大中城市已经看不到弄蛇的了。

弄蛇人要弄蛇，首先要驯蛇。各种动物都能够驯养训练，小到一只小鸟，大到一只老虎、一头大象，其中的甘苦只有驯养者自己知道。《蛇人》这篇作品，重点不在写蛇人如何驯蛇，而是写蛇人和蛇之间的离合聚散，写人和蛇之间、蛇和蛇之间的情感。

故事可以分成前后两大段，先是大青和二青，后是二青与小青。重点在后面，而二青成为连接前后情节的桥梁，也是三蛇中作者重点描写的对象。这里有商业利益和人蛇情感之间的矛盾。蛇人驯蛇，"止以二尺为率，大则过重，辄便更易"。但蛇总是要长大的，蛇大不中留，它的演艺生命是短暂的，蛇人不能不遵循新陈代谢的规律。但人和蛇在驯养的过程中，培养出深厚的感情，分离又很痛苦，这种感情非个中人难以体会。大青死了，尚未觅得合适的候补，二青又不见了，蛇人"怅恨欲死"，翘首以望。谁知二青竟自己回来了，还带来了一条小蛇。蛇人大喜。这里，蒲氏详细描写小蛇初来，瑟缩不安的模样，二青之含哺小蛇，"宛似主人之让客者"，好像收养了一个可怜的流浪儿。二青果然好眼力，它带来的小蛇，稍经训练，很快就上了轨道，"旋折辄中规矩，与二青无少异"。于是，名之为小青。

二青一天一天长大，再也拖不下去，它的演艺生涯应该结束了。在蛇人这一边，留之不能，弃之不忍。最后，也只能好说好散，"饲以美饵，祝而纵之"。可是，二青留恋故主，去而复来，挥之不去。蛇人给二青讲述盛筵必散的道理，二青终于离去。不一会，又回来，和小青告别，"交首吐舌，似相告语"。二青将小青带走，一会儿，小青独自回来。

二青一去不复返，小青又渐渐长大，面临淘汰的命运。寻觅物色，驯养成功，老大淘汰，似乎是一个周而复始的公式，但故事没有如此公式化地发展下去。二青在山中，恢复了它原始的本性，开始威胁到商旅的安全。从小说的结构来看，蛇人与二青的相遇，打破了既成的格局。蛇人经过，适遇二青，二青不知是旧日的主人，

"蛇暴出如风，蛇人大怖而奔"，寥寥十一个字，巨蟒逐人的恐怖情景，跃然纸上。越是这种惊险的场面，越是要写得简洁，惜墨如金，才有气势。文字稍一拖沓，气势便荡然无存。蛇人慌乱回首，认出是二青，二青也认出是主人，"昂首久之，纵身绕蛇人，如昔弄状"，非常亲密。二青以头触笥，蛇人知道它是要与小青亲密，于是，笥中放出小青，"二蛇相见，交缠如饴糖状"。二蛇之相见，居然如故友重逢，蛇人让小青亦随二青而去。

　　人与蛇、蛇与蛇的重于情感，使蒲松龄生出世风势利、人不如蛇的无限感慨。可是，蛇人的故事可以引发更多的人生感慨。蛇虽然可以驯养得"盘旋无不如意"，但蛇总是有野性的，在它的体内始终存在着狂野乃至凶残的基因，它始终在倾听着山野的呼唤。这就好比，没有千百年的驯养，一代一代的变异，野猪不会变成家猪。唐代的传奇集《原化记》里有一篇《天宝选人》，《河东记》里有一篇《申屠澄》，都写到了山野的呼唤。其中《申屠澄》一篇，尤为动人，且意味深长。文中写道，申屠澄赴任途中，遇草舍美女，娶为妻。感情甚笃，生有数子。后罢官回乡，至嘉陵江畔，妻子不禁悲从中来，吟诗道："琴瑟情虽重，山林志自深"。至草舍，妻子"见一虎皮，尘埃积满，妻见之，忽然大笑曰：不知此物尚在耶！披之，即变为虎，哮吼拏攫，突门而去"，讲的是虎，但对于蛇来说，道理是一样的。蛇人明白这一点，所以他一面驯养，磨灭蛇的野性；一面给它释放野性的机会，"每值丰林茂草，辄纵之去"。但蛇留恋故主，"寻复还"。二青返回山林以后，果然恢复了野性，"渐出逐人"，以至于"行旅相戒，罔敢出其途"。野性虽然恢复，却依然不忘故主，此所以动人，使人唏嘘不已。

并非少年维特之故事

　　《娇娜》这篇小说，很是特别，写的是一位男子将爱情转化为友情、转化为兄妹之情的故事。在封建社会里，青年男女之间，要么是夫妻关系，要么是私情关系，要么是没有关系，没听说有友情一说。蒲松龄在小说结尾的"异史氏曰"中说：

　　余于孔生，不羡其得艳妻，而羡其得腻友也。观其容可以忘饥，听其声可以解颐。得此良友，时一谈宴，则色授魂与，尤胜于颠倒衣裳矣。

　　"腻友"，即亲密的朋友，比"艳妻"更加难得，"色授魂与"胜过"颠倒衣裳"，男女之间纯洁的友情比异性之间的两情相悦愈加珍贵。蒲松龄身在三百年前的封建王朝而能够有这样的思想，不是非常超前吗？《娇娜》一篇的境界，有异于《聊斋志异》中其他的爱情故事。

　　故事随着孔生的行迹而展开，但光彩照人的是娇娜。娇娜并没有立即出场，娇娜的第一次亮相，小说已经过去三分之一的篇幅，作者在女主角出场以前作了很多铺垫。

孔生是孔子的后裔，书剑飘零，投友不成，落魄他乡，寄寓在一所寺庙里，替和尚抄抄写写，算作房钱。一个偶然的机会，结识了一位公子，公子住在单先生的空宅。壁上古人书画，案头稀见之籍。两人一见如故，意趣相投。孔生落魄而生计窘迫，公子同情他的处境，劝其设帐授徒以贴补生活。公子拜孔生为师，学习古文诗词，但不学八股，不求功名。两人亦师亦友，相互敬重。作者从各个方面写出公子不俗的气质，而为娇娜的出场做准备。

以公子为中介，孔生先后遇到三位女子。第一个是公子父亲的侍女香奴，第二个是娇娜，第三个是松娘。香奴和松娘是娇娜的陪衬，又是娇娜的补充。香奴"红妆艳绝"，弹起琵琶来，"激扬哀烈，节拍不类凡闻"，是第一个使孔生为之心动的女子。公子窥破孔生的意思，说明了香奴无缘得娶的原因。原来香奴是公子父亲离不开的婢女，如《红楼梦》中鸳鸯之于贾母。公子允诺，必为孔生另觅佳偶，不次于香奴。这是为后面娇娜、松娘的出场作铺垫。

孔生胸间肿起，"痛楚吟呻"，"创剧，益绝食饮"，是为情节转机。于是，公子的妹妹娇娜以医者出场，与香奴以琵琶佐酒而临席，无形中形成对比。香奴红袖佐酒，给孔生送去快乐；娇娜割疮治病，是救命之恩。娇娜的第一次亮相，是从孔生的眼睛去看，从孔生的感受去烘托："年约十三四，娇波流慧，细柳生姿。生望见颜色，嚬呻顿忘，精神为之一爽"。见到美少女，孔生肿块未去而心火已消去大半。请看公子如何向妹妹介绍孔生："此兄良友，不啻胞也，妹子好医之"。即是说，你要像对待兄长一样对待孔生，尽心尽意地医治。话说得非常亲切，也非常诚恳，显出公子的笃于友情。其实，作者也是在暗示读者，孔生和娇娜未来的关系，就是类似兄妹一样的关系。作者还趁着娇娜的出场，有意地顺手递出松娘，为后来情节的发展埋下伏笔："娜姑至，姨与松姑同来"。《聊斋志异》的风格非常含蓄，时用诗笔，文字简省，点到即止。我们读者也得细细品味，方不负作者一片苦心。对于娇娜为孔生手术去肿的过程，描写极为细腻。娇娜年仅十三四，号脉诊病，竟如资深中医。手术之利落老练，兔起鹘落，令人心折。"心脉动矣"四个字，道破孔生病根，本为求偶不遂，郁闷上火所致，同时也表现出娇娜活泼风趣的性格。整个手术的过程，描写细致，如在眼前。却又用字简练，是为难得。口吐红丸，才转三周，就康复如昔，自然是超现实的想象，但手术的过程使人觉得非常真实，只不过是夸大了康复的速度而已。美丽而兼有绝技，举止大方，可敬可爱，难怪让人心动。在手术的过程中，又穿插孔生的感受，更加衬托出娇娜的可爱："而贪近娇姿，不惟不觉其苦，且恐速竣割事，偎旁不久"。为了延长亲密接近的时间，宁可延长手术的时间，精神的快乐压倒了手术的痛苦。《三国演义》里

聊斋的狐鬼世界

华佗为关羽刮骨疗毒，写的是关羽惊人的自制力，兼写华佗医术的高明。蒲松龄写娇娜为孔生伐皮削肉，是写孔生对娇娜的爱慕，兼写娇娜的可爱可敬。

娇娜匆匆而来，又匆匆而去，孔生"悬想容辉，苦不自已"。肉体上的病好了，却添了思想上的痛苦。"废卷痴坐，无复聊赖"，蒲氏用短短八个字，写出一个青年失恋时的失落和痛苦。一个女孩能够令人如此痛苦失落，则她的可爱亦可想而知。可是，娇娜太小，无法出嫁。失去香奴，孔生向公子表示："如果惠好，必如香奴者"。失去娇娜，公子表示已经为他物色一佳偶，孔生却说不必了，"曾经沧海难为水，除却巫山不是云"。前后呼应，更加突出娇娜之可爱。感情的空白需要填补，不久，孔生又经公子的介绍，认识了他一生中的第三个女子，即公子的姨女阿松。阿松之美，"与娇娜相伯仲也"，于是，孔生与松娘结成秦晋之好。虽然与娇娜未成眷属，不免有所遗憾，但得到松娘这样的妻子，亦可以说是如愿以偿。成婚之夕，孔生看着神仙一般的妻子，"遂疑广寒宫殿，未必在云霄矣"，觉得非常幸福。

孔生的故事一波三折，皆与女子有关。欲娶香奴不成，公子说将为他再找；欲娶娇娜，又不成，公子再次表示要帮忙。最后得到阿松，如愿以偿。故事中心是他的婚姻大事。但蒲氏意犹未尽，他还要让孔生与娇娜的友情经受严峻的考验。中间的过渡，作者明显地加快了叙事的步伐。单家索宅，公子一家离去。在公子的帮助下，孔生携妻回家。孔生悟得公子是异类，不以为意。婆媳相处和谐，其乐融融。孔生举进士，授官延安司李。

孔生与公子重逢于郊野，"悲喜交至"。不久，考验悄然而至。公子一家，将遇雷霆之劫，企求孔生施以援手。孔生毅然允诺，慷慨赴难。小说极力渲染雷劫之恐怖，以突出孔生见义勇为的侠肝义胆。公子、娇娜兄妹获救，而孔生身仆而死。娇娜再施妙手回春的绝技，救活孔生。经历了生与死的考验以后，孔生与娇娜的友情已经非同一般。看见孔生为了搭救自己而死，娇娜痛不欲生："孔郎为我而死，我何生矣。"可是，娇娜依然是忠于丈夫吴郎的。劫难以后，大家"惊定而喜"，"惟娇娜不乐"，担心着吴郎一家的安危。噩耗传来，知"吴郎家亦同日遭劫，一门俱没"，"娇娜顿足悲伤，涕不可止"。

回味全文，娇娜以外，孔生的形象亦自有其独特的意义。和香奴没有缘分，倒也罢了，谁知十分看好的娇娜又是失之交臂，两次机会，皆擦肩而过。作者没有借此抒发万般皆是命，半点不由人的老生常谈，而是写出男女之间的纯洁美好、真诚无私的感情世界。孔生连失两次机会，感情连连受挫以后，依然能够端正自己的心态，将爱慕之情转化为友情，转化为兄妹之情，没有像少年维特那样去自杀，也是值得称道的。虽然不能成为夫妻，却依然能够同舟共济、生死与共，这就更使人钦佩了。

文章憎命达

　　《叶生》这篇作品，一面抨击科举之不公，为科场不遇的举子鸣冤；一面在歌颂人间的友情，特别是知遇之恩、知己之情。叶生和丁公的交往是贯穿全文的线索。小说一开始，先是一再地渲染叶生的才华，为后来叶生的落第蓄势："文章辞赋，冠绝当时"，这是先概括地说一下。接着是县令的欣赏："会关东丁乘鹤，来令此邑。见其文，奇之"，"值科试，公游扬于学使，遂令冠军"。被人欣赏称扬，自是好事，可以提高自信，可是，名人的称扬提高了叶生的期望值，求胜心切，志在必得，一旦受挫，则更加难以接受，蒲松龄自己正是如此。事情正是如此，"文章憎命"，叶生一而再再而三地名落孙山。连续的打击一下子将叶生击倒："嗒丧而归，愧负知己，形销骨立，痴若木偶。"不久就染病，卧床不起。这是为后来的离魂所作的第一层铺垫。

　　叶生重病不起，无法跟随解任的丁公，这是预示叶生离魂的第二次铺垫。读者对叶生的离魂逐渐地有了思想准备，而小说的情节也渐渐地由现实向超现实转移。这里，特别强调了丁公迟迟不发，以待叶生的诚意，突出了丁公对叶生的器重，说明丁公之笃于情感。叶生终于来到，丁公大喜。后来的交代告诉我们，叶生其实已死，来的是叶生的灵魂，所谓"魂从知己"。他的到来，完全是为了报答丁公的知遇之恩。叶生将平生钻研八股的体会和经验，全部传授给了丁公的儿子，丁公子高中乡试第二名。叶生虽然自己没有功名，但由丁公子的中举，"借福泽为文章吐气，使天下人知半生沦落，非战之罪也！"况且"士得一人知己，可无憾"。精神上得到极大的满足。叶生的这些话，是作者的点睛之笔，也正是作者自己的心声。后来丁公子又中了进士，得高官。丁公力促叶生应举，而叶生也中了举人。叶生中举以后，衣锦还乡，"见门户萧条"，妻子见他，惊恐而奔，室内"灵柩俨然"，叶生这才悟知自己早已病殁，中举的只是自己的游魂。这篇小说，一面唏嘘于叶生的坎坷不遇，一面感慨于丁公的知遇之恩、知己之情。这一点创作意图，在结尾的"异史氏曰"中表达得非常充分：

　　魂从知己，竟忘死耶？闻者疑之，余深信焉。同心倩女，至离枕上之魂；千里良朋，犹识梦中之路。而况茧丝蝇迹，呕学士之心肝；流水高山，通我曹之性命者哉？嗟乎，遇合难期，遭逢不偶。

行踪落落，对影长愁；傲骨嶙嶙，搔头自爱。叹面目之酸涩，来鬼物之揶揄。频居康了之中，则须发之条条可丑；一落孙山之外，则文章之处处皆疵。古今痛哭之人，卞和惟尔；颠倒逸群之物，伯乐伊谁？抱刺于怀，三年灭字；侧身以望，四海无家。人生世上，只须合眼放步，以听造物之低昂而已。天下之昂藏沦落如叶生其人者，亦复不少，顾安得令威复来，而生死从之也哉？噫！

这一段文字，深沉痛苦，慷慨激昂，是蒲氏的肺腑之言，血泪文字。如冯镇峦所说："余谓此篇即《聊斋》自作小传，故言之痛心。"笔者读时的那种感觉，犹如读司马迁的《报任安书》。蒲松龄抨击科举的作品甚多，但写得最悲愤痛切、令人扼腕的，莫过于《叶生》一篇。真所谓借他人之酒杯，浇胸中之块垒。《聊斋词集》里最为痛切的作品《大江东去·寄王如水》，和《叶生》一篇表达了相同的感情："天孙老矣，颠倒了天下几多杰士。蕊宫榜放，直教那抱玉卞和哭死！病鲤暴腮，飞鸿铩羽，同吊寒江水。见时相对，将从何处说起。每每顾影自悲，可怜肮脏骨消磨如此！糊眼冬烘鬼梦时，憎命文章难恃。数卷残书，冷落荒斋里。未能免俗，亦云聊复尔尔。"

《聊斋志异》中，涉及科举的作品颇多。有些作品不是专写科举，但也会随时地抨击科举。如《素秋》一篇，写俞忱"最慧，目下十行，试作一艺，老宿不能及之"。"送入场，邑、郡、道皆第一。

益与公子下帷攻苦。逾年科试，并为郡邑冠军。……榜既放，兄弟皆黜。"这简直就是写蒲松龄自己的辛酸经历。对知遇之恩的感激，有蒲松龄自己的体会。他在《胭脂》一篇的结尾说：

愚山先生吾师也。方见知时，余犹童子。窃见其奖进士子，拳拳如恐不尽；小有冤抑，必委曲呵护之，曾不肯作威学校，以媚权要。真宣圣之护法，不止一代之宗匠，衡文无屈士已也。而爱才如命，尤非后世学使虚应故事者所及。

死缠烂打

《青凤》一篇。历来被认为是《聊斋志异》中的爱情名篇。其实，《青凤》一篇所体现的蒲氏对女性的看法，很值得分析。

环境是典型的"聊斋"式的环境：一座大而空的房子，旷废荒落而无人居住。"堂门辄自开掩"，"或闻笑语歌吹声"，狐狸精还没出现，神秘的气氛已经非常浓郁。

男主角耿生是一位狂士，因为狂，所以不听邪，不听劝，明明"楼上灯光明灭"，门户自开自掩，有人说笑，情况可疑，但耿生好奇心切，"竟拨蒿蓬，曲折而入"，径直闯进神秘的空宅，要一窥究竟。耿生或许是一个无神论者，所以他不怕鬼，不怕狐，长驱直入。看到陌生人，一不惊奇，二不害怕，反而笑呼："有不速之客一人来"！吓得一女一媪赶快回避，独有一翁出来应答。场面是戏剧性的，耿生闯帐，将青凤一家惊散，未免鲁莽唐突；而青凤一家不打招呼，占人住宅，亦未免理亏。耿生虽狂，却是给老翁留了台阶，

"此我家闺阃，君占之，旨酒自饮，不一邀主人，毋乃太吝？"于是，双方客气，化相互指责为欢乐同饮。耿生有意和老翁拉近乎，大谈所谓"通家之谊"。于是，先是孝儿出来，接着，青凤和老媪也出来陪客。青凤的模样，是典型的"聊斋"式的美女："弱态生娇，秋波流慧，人间无其丽也"，与娇娜的模样一样："娇波流慧，细柳生姿。"与娇娜相比，青凤没有妙手回春的医术，却多了几分羞涩。更重要的是，青凤不像《聊斋志异》中许多投怀送抱的狐女，她倒是很接近人间一般的女子，她们为礼教所束缚，为家长所拘管，缺乏冲破牢笼的勇气。所以，爱情的动力只能来自那位狂生。与《娇娜》中孔生的故事相比，这里没有那个热心的皇甫公子，却多了一位阻挠好事的家长——青凤的叔叔，由此而生出许多曲折。耿生毫不掩饰自己的感情，他一见青凤，就"瞻顾女郎，停睇不转"，盯得青凤"辄俯其首"。接着，他又"隐蹑莲钩"，青凤赶忙缩脚。耿生之轻狂不羁，一至于此。耿生借着酒酣，竟拍案大呼："得妇如此，南面王不易也"！耿生的狂放轻薄，旁若无人，并非酒后失态，他不喝酒也是那样。青凤和老媪被耿生吓跑，耿生非常失望，耿生"而心萦萦，不能忘情于青凤也"，想搬到空宅去住。耿生是有家室的，但作者依然放手让他去追逐少女，死缠烂打，而他的妻子则听之任之，置若罔闻。一夫多妻，娇妻美妾，则蒲氏之多为男子着想，亦不言而喻。大概在耿生那里，爱是不需要理由的。论者常常视《青凤》为反对

　　　　　　　　聊斋的狐鬼世界

礼教的爱情名篇，耿生则成为冲击礼教的闯将。其实，耿生的言行很值得推敲，礼教的顾虑虽然没有，责任和后果也抛到九霄云外。这里看不到对女性的尊重，只看到貌的吸引和性的冲动。他见到青凤，说是"得一握手为笑，死不憾耳"，青凤婉言拒绝。耿生便哄她说："亦不敢望肌肤之亲，但一见颜色足矣。"青凤心一软，开门出来，耿生"捉之臂而曳之。生狂喜，相将入楼下，拥而加诸膝"。青凤说，叔叔之意，马上就要搬走。耿生"强止之，欲与为欢"。他对青凤的态度，严格地说，不是一种平等的爱情，只是一种占有而已。他只考虑满足自己的欲望，一点儿也没有为女方考虑，不考虑自己的行为将给青凤造成什么后果。虽然青凤对他有好感，对他的轻薄行为，"亦无愠怒"，但耿生的狂放确实置青凤于尴尬的境地。当然，耿生确实喜欢青凤，当老翁责骂青凤，"诃诟万端"的时候，耿生听得"青凤嘤嘤啜泣"，便"心意如割"，并挺身而出，承担一切责任。此后，青凤一家搬走，而耿生"未尝须臾忘凤也"。

故事发展到这里，也可以结束了，但蒲氏希望有情人终成眷属。如何解决这个难题呢？蒲氏采用他常用的恩报模式，轻而易举地冲破了家长的封锁线。耿生先是因为一个十分偶然的机会救了青凤，又救了她的叔叔。于是，前愆尽释，有情人终成眷属，皆大欢喜。小说对青凤的刻画，非常接近一个人间的女子，青凤的身上，没有多少诡异的色彩。和《聊斋志异》中的许多狐女、鬼女不同，她是羞怯的，被动的，一如生活中的大部分少女一样。如果没有耿生的死缠烂打、穷追不舍，她和耿生的爱情不会有任何结果。一面是闺训培养出来的羞怯和拘谨，一面是情窦初开的冲动和憧憬，两股互相矛盾的力量在心中交战。叔父痛斥她败坏门风，青凤"羞惧无以自容"，"低头急去"，叔父"诃诟万端"，青凤"嘤嘤啜泣"。后来她已经和耿生生活在一起，依然不敢让她的叔父知道，假借遇难而逃避叔父的搜寻和责罚。她和耿生的相爱，虽然遭到叔叔的反对，但青凤没有忘记叔叔的养育之恩："妾少孤，依叔成立。昔虽获罪，乃家范应尔。"即是说，我从小失去父母，全靠叔叔养育成人，以前虽然得罪于你，但那也是家里的规矩，本来就应该那样。耿生的狂放与青凤的拘谨互相映衬，使各自的性格更加鲜明。

　　情节的曲折是蒲氏的强项，总要出人意料之外，却在情理之中。耿生与青凤的几次相遇，都是如此。先是耿生闯帐，青凤与婶子畏而避之。接着，耿生与老翁谈得融洽，老翁主动请青凤与老伴出来见客。耿生与青凤不期而遇，又被其叔冲散。后来又有耿生搭救青凤于荒野。耿生之救青凤和救青凤之叔，本来很容易写得重复，但作者精心设计，写出同中之异。救青凤，是不期而遇，只写过程，但见一犬追逐二狐，耿生可怜小狐，"启裳衿，提抱以归"。回家一看，原来是青凤。救青凤的叔，则是孝儿来求，告知耿生，叔叔已落入莫三郎之手，"非君莫拯"。详写耿生和青凤的不同态度。耿生想起当年老翁的阻挠，耿耿于怀；青凤不忘叔父的养育之恩，恳求耿生释怨相救，突出的是青凤知恩图报、她的善良和宽容。

作者无意将青凤的叔父塑造成一个可恶的人物，叔父的形象是青凤形象的必要补充。他出场的描写是"一叟儒冠南面坐"，耿生闯进来，一家惊散，老翁指责耿生："谁何人人闺闼？"是指责耿生不懂礼貌。但耿生抓住他占人房宅的短处，他只好妥协。听说是通家，他把儿子叫出来陪客。后来，耿生炫弄学问，大谈《涂山外传》，他系念祖德，听得兴致勃勃，家族的自豪感得到很大的满足，便出妻见子，将老伴和青凤也叫出来听听。其后耿生与青凤的邂逅，被他冲散。他看到侄女与人"幽会"，大怒："贱婢辱吾门户！不速去，鞭挞且从其后！"这也很正常，像耿生这样轻薄的年轻人，你了解他的情况吗？事实上，耿生是有家室的。按照现在的婚姻法，耿生之追青凤，也不会受到法律的认可与保护。才见了一次面，就和人家搂搂抱抱，青凤的叔叔要对侄女负责。但是，他不愿意就此离开这所大房子。于是，便想出一个损招，装鬼企图吓唬耿生，将他赶跑。谁知耿生不怕，吓阻的目的未能达到。为了避免发生有伤风化的事情，只好搬走。他具有封建家长的专制作风，但他的反对，也不无道理。正是在他的教育下，青凤是那样一种羞怯的、循规蹈矩的性格，内心向往着真挚的爱情，但缺乏反抗礼教的勇气。耿生后来把嫡子交给他去教育，"盖循循善教，有师范焉"。

化作美女的恶鬼

　　《聊斋志异》中的狐女、鬼女，大多很可爱，如婴宁、青凤、娇娜、莲香。但是，蒲松龄笔下的人物形象是形形色色的，绝无雷同之弊，《画皮》里的女鬼就非常可怕。女鬼的可怕，不仅在于她要吃人，而且在于她披着人皮，行动非常具有欺骗性。

　　故事分为四大段，第一段，王生遇到一位"二八姝丽"，将她带回家，与其同居。第二段，道士警告，王生目睹，证明美人确实是披着人皮的"狞鬼"。第三段，恶鬼将道士的拂子撕碎，王生被杀。第四段，道士灭鬼。第五段，乞人救活王生。

　　全文以王生的命运作为叙事的线索，重点在写女鬼骗术的狡诈和本性的凶残。女鬼的出现，很能迷惑人。时间是早晨，但见她"抱褴独奔，甚艰于步"，很可怜的样子。而王生眼睛里看到的是"二八姝丽"，于是"心相爱乐"。王生并非见义勇为，他帮助人家的动机就不太纯洁。一个落难的美女，值得同情而又使人爱慕，加强了王生上当受骗的概率。王生问她怎么回事，她欲擒故纵："行道之人，不能解愁忧，何劳相问。"这是反激王生，引王生来问。她编的那套谎话也无懈可击："父母贪赂，鬻妾朱门，嫡妒甚，朝詈而夕楚辱之，所弗堪也，将远遁耳"。原来是婚姻制度的受害者。父母贪图有钱人的彩礼，将她卖给人家当妾，谁知夫人嫉妒，终日打骂，她不堪这非人的生活，逃了出来。景况很令人同情。这种情况并不特殊，所以王生没有丝毫怀疑。家里既然只是贪钱，把她送到火坑里，那么，对家里来说，她已经是泼出去的水，这是让王生不要顾虑她家里的态度。王生问她要到哪里去，她回答说："在亡之人，乌有定所。"这是暗示王生，她可以跟王生走。她编的这一套，比《西游记》里的白骨精更具有欺骗性。王生听信女子的一面之词，把她藏在密室，作金屋藏娇之计。妻子知道后，劝王生将其送走，但王生为女所惑，不听。请注意，妻子不妒不闹，对丈夫包养情妇的行为无动于衷。这在《聊斋志异》中是常见的情形。女子很高兴，有了安顿的地方。她对王生说，要注意保密，这是作者在暗示女子包藏祸心。王生以为她是怕夫家来追寻，没有起疑。

妻子劝王生遣送她，不要惹麻烦，王生不听。道士警告王生："君身邪气萦绕"，而王生竭力否认，可见其中毒之深。道士对王生发出严重的警告："惑哉！世固有死将临而不悟者！"王生为之震动，"颇疑女"，但立即又自己否定了："明明丽人，何至为妖"，怀疑道士是骗饭吃。这是直接地写王生迷于女色，陷得很深，而间接地写女鬼的善于惑人。道士不幸而言中，王生目睹了女子的狰狞面目，这才清醒过来。这个过程写得很详细，他怎么翻墙进去，怎么发现了那个可怕的秘密和真相，鬼又是如何的狰狞，如何包装、化妆、伪装，如何披起榻上的人皮，"遂化为女子"。我们可以想象得出，王生在看到这一切的时候，想到朝夕相处、同床共枕的美人竟是这样一副面目，该是多么恐怖和后怕！作者对画皮有多处细节的描写，使读者犹如目击，以增加其"真实性"："见一狞鬼，面翠色，齿巉巉如锯。铺人皮于榻上，执彩笔而绘之。已而掷笔，举皮，如振衣状，披于身，遂化为女子"，"道士逐击之，妖仆，人皮划然而脱，化为厉鬼，卧嗥如猪"，"共视人皮，眉目手足，无不备具。道士卷之，如卷画轴声，亦囊之"。这些地方最能表现作者那种丰富的艺术想象力，超现实的事情，写得和真的一样。

王生乞求道士搭救，道士给了他一个拂子。谁知女鬼竟将拂子撕碎，"径登生床，裂生腹，掬生心而去"。这是极写女鬼的凶残。接着，道士灭鬼，将女鬼收入葫芦。这个葫芦和《西游记》里妖精的瓶子、葫芦一样，收进去以后将别想活着出来。这两段都没有什么精彩之处。

道士救不了王生，却推荐王妻陈氏去市上找一个疯子。这个疯子"时卧粪土中"，"颠歌道上，鼻涕三尺，秽不可近"。说话无礼，行为疯癫，神经兮兮，这也是神仙故事里的常套。神仙很喜欢装作乞丐，装作残疾，且行为怪诞，疯疯癫癫，济公是典型的代表。《聊斋志异》中《颠道人》里的道人也是"歌哭不常"，"赤足着破衲"。《红楼梦》里的一僧一道："那僧则癞头跣脚，那道则跛足蓬头。"给薛宝钗送金锁的，是个癞头和尚，专治无名之症、疑难杂症。《西游记》第十二回，观音菩萨选僧去取经，也是化成这个模样："疥癞形容，身穿破衲，赤脚光头。"《聊斋志异》中《司文郎》一篇，里面那个半仙似的人物是个瞽僧。可恶的是，这个乞丐对陈氏极尽侮辱，他答应解救王生的条件是，让陈氏吃他的痰唾。这种情节的设计，也是有来历的。《神仙传》里的神仙李八百，他与唐公昉做朋友。他身上生恶疮，遍体脓血，臭不可闻。他对唐公昉说必须有人舔才能痊愈。于是，唐让三个婢女给她舔。李说，婢女舔还不行，得唐亲自舔。于是，唐亲自给李舔。唐舔完以后，李进一步提出更加令人难以接受的要求，要唐的夫人给他舔，说夫人舔，效果最佳。把神仙设计成这种形象自有其内在的意图，其中隐含着真人不露面的意思，同时也在讽刺世人的势利眼孔，以貌取人，衣帽取人，有眼不识金镶玉。《画皮》中，陈氏接受了乞丐令人恶心的条件，丈夫因此而获救。

结尾的"异史氏曰"点明了《画皮》的主题。作者感慨于世人的人妖不分，认为食人之唾是对好色的惩罚。可是，做错事的是王生，他的妻子却因此而受到了惩罚。

千姿百态的笑

《红楼梦》第四十回"史太君两宴大观园，金鸳鸯三宣牙牌令"，有一段描写群体大笑的场面，脍炙人口：

贾母这边说声"请"，刘姥姥便站起身来，高声说道："老刘，老刘，食量大似牛，吃一个老母猪不抬头！"自己却鼓着腮不语。众人先是发怔，后来一听，上上下下都哈哈的大笑起来。史湘云撑不住，一口饭都喷了出来；林黛玉笑岔了气，伏着桌子嗳哟；宝玉早滚到贾母怀里，贾母笑的搂着宝玉叫"心肝"；王夫人笑的用手指着凤姐儿，只说不出话来；薛姨妈也撑不住，口里茶喷了探春一裙子；探春手里的饭碗都合在迎春身上；惜春离了坐位，拉着他奶母叫揉一揉肠子。地下的无一个不弯腰屈背，也有躲出去蹲着笑去的，也有忍着笑上来替他姊妹换衣裳的，独有凤姐、鸳鸯二人撑着，还只管让刘姥姥。

聊斋的狐鬼世界

无独有偶,《聊斋志异》里有《婴宁》一篇,也以写笑而见长。但《红楼梦》里写的是一大群人各具神态的笑,而蒲松龄写的是一个少女的笑,同样是千姿百态,相比之下,真有异曲同工之妙。古典小说中,没有一篇小说,把一个少女的笑写得那么美,又那么多姿多彩。

《婴宁》是《聊斋志异》中一篇全力刻画人物性格的小说。这篇小说也写了故事,但故事很简单,也不给人多少印象,性格的描写压倒了情节的描写。故事的线索是王子服的求爱,但作者着力要刻画的是婴宁。王子服"早孤",《聊斋志异》里的男主角通常是很小就失去父亲,这样一来,男主角的婚姻自主权就比较大,作者就可以放手让他去追。

使人掩卷难忘的是小说的女主角婴宁。婴宁生长在山野,父母早亡,母亲临终前把她托给一位老婆婆,这老婆婆对婴宁十分爱惜。婴宁在这样一种特殊的环境中,没有多少礼教的束缚,天真烂漫,孜孜憨笑,嬉不知愁。作者特别抓住婴宁爱笑这一特点,反复渲染,尽情描写。婴宁一出场,便是"拈梅花一朵,容华绝代,笑容可掬"。这是王子服眼中的婴宁,是那个一见钟情的情人眼里的婴宁,这还是比较静止的描写。看到王子服注目不移的痴状,婴宁笑着对婢女说:"这小伙子的目光像贼。"王子服在野山见到婴宁的一段,作者显然放慢了叙事的速度,蒲松龄非常明白必须在能够表现人物思想性格的地方竭力盘旋的道理。这一段也写得最为精彩:

媪曰："唤宁姑来。"婢应去。良久，闻户外隐有笑声。媪又唤曰："婴宁，汝姨兄在此。"户外嗤嗤笑不已。婢推之以入，犹掩其口，笑不可遏。媪嗔目曰："有客在，咤咤叱叱，是何景象？"女忍笑以立，生揖之。媪曰："此王郎，汝姨子。一家尚不相识，可笑人也。"生问："妹子年几何矣？"媪未能解。生又言之。女复笑不可仰视。媪谓生曰："我言少教诲，此可见矣。年已十六，呆痴裁如婴儿。"生曰："小于甥一岁。"……生无语，目注婴宁，不遑他瞬。婢向女小语云："目灼灼，贼腔未改！"女又大笑，顾婢曰："视碧桃开未？"遽起，以袖掩口，细碎连步而出。至门外，笑声始纵。

婴宁在树上，见王子服来，"狂笑欲堕"。王叫她注意安全，婴宁"且下且笑，不能自止"。到了王家，"但闻室中吃吃皆婴宁笑声"，见了王子服的母亲，"犹浓笑不顾"，"才一展拜，翻然遽入，放声大笑。满室妇女，为之粲然"。结婚的那天，笑到无法拜天地："女笑极不能俯仰"。作者抓住婴宁的天真单纯，不明男女之爱为何物，把婴宁的痴憨，写得淋漓尽致：

生俟其笑歇，乃出袖中花示之。女接之曰："枯矣，何留之？"曰："此上元妹子所遗，故存之。"问："存之何意？"曰："以示相爱不忘也。自上元相遇，凝思成疾，自分化为异物，不图得见颜色，幸垂怜悯。"女曰:"此大细事。至戚何所靳惜,待郎行时,园中花,当唤老奴来,折一巨细负送之。"生曰:"妹子痴耶?""何便是痴?""我非爱花,爱捻花之人耳。"女曰:"葭莩之情,爱何待言。"生曰:"我所谓爱,乃夫妻之爱。"女曰:"有以异乎?"曰:"夜共枕席耳。"女俛首思良久,曰:"我不惯与生人睡。"语未已,婢潜至,生惶恐遁去。……女曰:"大哥欲我共寝。"言未已,生大窘,急目瞪之,女微笑而止。幸媪不闻,犹絮絮究诘,生急以他词掩之。因小语责女。女曰:"适此语不应说耶?"生曰:"此背人语。"女曰:"背他人,岂得背老母。且寝处亦常事,何讳之?"生恨其痴,无术可以悟之。

有人说,婴宁的不知男女之事,是装的,是狡黠的表现。如果是那样,则婴宁就不是天真烂漫之人,而变成一个虚伪做作之人。一个少女的笑,写得千姿百态,而又无一重复。写得这样自然而又轻松。婴宁爱笑,但又不是无心之人。西人子要调戏他,反而被她算计,送了性命。作者又写她对鬼母的深情,"由是岁值寒食,夫妻登秦墓,拜扫无缺"。

作者还有意写了婴宁爱花的癖好。初次见面,只见她"拈梅花一朵";王子服来了,她"由东而西,执杏花一朵,俯首自簪";见到王子服以后,"含笑拈花而入"。婴宁的住处,"白石铺路,夹道红花"，"豆棚花架满庭中"，"窗外海棠枝朵"。成家以后，她"爱花成癖，物色遍戚党。窃典金钗，购佳种，数月，阶砌藩溷，无非花者"。这是作者以花喻人，以花衬人。作者有意为婴宁安排了一个远离凡俗尘嚣而又依然充满人情味的环境，离城三十多里，"乱山杂沓，空翠爽肌，寂无人行，止有鸟道"。婴宁就住在谷底的"丛花乱树中"，"门前皆丝柳，墙外桃杏尤繁，间以修竹，野鸟格磔其中"。作者极写婴宁的痴，写婴宁的爱笑，喜欢花，突出她那近乎"原生态"的单纯天真，其中寄托着作者的人生理想。

《婴宁》着力写性格，但在情节的构思上也极尽曲折。作者借助一个辅助人物吴生来做牵针引线的作用，吴生是王的表兄弟。王和吴一起郊游，半路上吴被舅家仆人叫走，这是给王与婴宁单独见面的机会。接着，王生相思成疾，吴生来探视，吴生敷衍王生，说女子是王的姨妹。吴生的无心之谎，为王生与婴宁下一步的正式见面做了铺垫。王以寻找姨家为借口，与老媪搭讪，吴说婴宁住在西南山中，恰好婴宁就住在那里。婴宁的来历，还是由吴生解释清楚："秦家姑去世后，姑丈鳏居，祟于狐，病瘵死。狐生女名婴宁，绷卧床上，家人皆见之。姑丈殁，狐犹时来；后求天神符贴壁间，狐遂携女去。将勿此耶？"在王子服与婴宁的故事中，吴生似乎是无足轻重，其实，从结构上看，吴生这个角色并非可有可无。

婴宁是狐，作者没有急于揭开这一点，而是一点儿一点儿地布设疑云，一步一步地加强悬念，让读者逐渐地悟出婴宁的狐精身份。读者跟着王子服的行踪往下看，王子服见到婴宁，分手以后想婴宁，去山中找婴宁，将婴宁带回来，一直到此时，婴宁没有什么诡异的表现，宛然一个人间的女孩。地方不大，女孩的来历应该可以打听明白，可是，吴生"物色女子居里，而探访既穷，并无踪绪"。吴生谎说女子在西南三十里的山中，而王子服去了，居然真的找到了女孩。王子服对老婆婆谎说是来找亲戚，没想到真是亲戚。这些都是疑点，是作者在暗示婴宁的身份。她确有其神异之处，她看出王是真心爱她，所以一步一步将王子服不知不觉地引到山中。及到家里，婆媳见面，说是姨女，王母奇怪："我未有姊，何以得甥？""我一姊适秦氏，良确。然姐谢已久，那得复存？"至此，读者对婴宁的身份已有所觉悟。接着，吴生说明原委，才点明婴宁本是狐女。在山中时，她似乎不明男女之事为何物。结婚以后，王"以其憨痴，恐漏泄房中隐事，而女殊密秘，不肯道一语"。西人子勾搭她，她假装答应，将其处死。在痴憨的背后，又有狡黠的一面。作者用明笔写她的憨痴，用暗笔写她的狡黠，形成一种多重的性格。西人子的死，自然是败笔，有损婴宁的形象。但白璧微瑕，不影响其整体的出色。

侠骨柔肠

　　《聂小倩》是一篇侠义小说。主要人物有三个：宁采臣、燕赤霞、聂小倩，其他如宁母、金华妖怪等，都是辅助人物。三个主要人物中，相对而言，聂小倩是中心，宁采臣和燕赤霞，一文一武，都是聂小倩的陪衬。作者将宁生放在明处描写，笔头跟住他不放，成为故事发展的中心线索。对于燕生的描写，让他处于若明若暗的状态，这个剑客也就始终带有一种神秘的色彩。而聂小倩则朦胧出之，一点点、一步步地揭开她的神秘面纱。三个人物的描写，互相映衬，相得益彰，交织成明暗多变的节奏。在聂小倩出场以前，作者作了充分的铺垫。

　　故事的主要地点，先后有两处，一是金华北郭的一座荒废的寺庙里，一是宁家。"寺中殿塔壮丽，然蓬蒿没人，似绝行踪。"这是蒲松龄最喜欢选择的地点。先是宁采臣住了进来，一是因为"城舍价昂"，二是"乐其幽杳"。接着是燕赤霞住了进来，燕赤霞不爱交友，喜欢独往独来，和人保持距离。所以，宁生去拜访他，两人说不两句，便"相对词竭"，只好"拱别归寝"。聂小倩的出现是借宁生的偷窥，先是一中年妇女和一老妪对话，逗出聂小倩。聂小倩的出场，强调了她的美丽和温柔。从宁的眼睛看去，"有一十七八女子来，仿佛艳绝"。接着是老妪夸其容貌："小娘子端好是画中人，遮莫老身是男子，也被摄魂去。"这几句话其实也是暗示聂小倩以艳色引诱男子，害其性命的事情。"小妖婢悄来无迹响"一句，又暗示着聂的身份和她神秘莫测的风格。蒲松龄好用暗笔，好用诗笔，常有言外之意，我们不能不仔细地去体味。老少三个女人的一篇家常话，似乎平平常常，其实是意味深长。

果不其然，聂小倩深夜便来勾引宁生。先是以色相诱："月夜不寐，愿修燕好。"谁知宁生是个坐怀不乱的柳下惠。接着又扔下黄金一铤，被宁生扔了出去。宁采臣痛斥聂小倩："卿防物议，我畏人言；略一失足，廉耻道丧"，"非义之物，污吾囊橐"！真所谓"富贵不能淫，贫贱不能移，威武不能屈，此之谓大丈夫"。色相和黄金的引诱均宣告失败，聂小倩自言自语："此汉当是铁石"。这是作者借聂小倩之口，为宁采臣做了一份鉴定。同时，也点出聂小倩对宁生的了解，为情节的进一步发展作了铺垫。紧接着，是兰溪生的死，仆人的死，从现场的情况看，作案手段完全一致："足心有小孔，如锥刺者，细细有血出"。显然是一人所为，可以并案。

读到这里，读者也就明白十之八九，聂小倩的出现，并非天上掉下个林妹妹，而是潜伏杀机，凶险异常。由宁采臣的遭遇，可以设想，兰溪生和仆人没有能够顶住美色和黄金的诱惑，所以丧了性命。小小寺庙，发生连环凶杀案，宁生去和燕生商量，"燕以为魅。宁素抗直，颇不在意"。两人都没有因此而产生恐惧。凶犯的作案动机是什么？燕生的有恃无恐又是因为什么原因呢？下一步会发生什么，下一个受害者是谁呢？燕生能否战胜夜叉？团团疑云，笼罩在读者的心头。

聂小倩深夜来访，向宁说明真相，故事发生重大转折，聂小倩为宁生的高尚人格所感化，揭开了神秘的面纱。原来聂小倩是十八岁夭折的女鬼，为妖物所胁迫，以色诱人，帮凶作恶。她既是一个害人者，同时又是一个受害者。这一情节类似《博异志》里陈仲躬的故事，毒龙好食人血，驱使坠井少女，借其美色，诱人落井以自供。聂小倩表示了自己对宁采臣人品的敬仰，被宁生痛斥以后感到惭愧，说明她良心未泯，她的作恶有其迫不得已的一面。聂告诉宁，晚上有夜叉来，"与燕生同室可免"。到这里，燕生这个人物才派上用场。这一转折有多方面的含义，一是聂小倩自揭庐山真面目，企图摆脱妖物的控制，从害人者向助人者转移；二是矛盾进一步激化，妖物不达目的，决不罢休，故事逐步向高潮挺进；三是剑客燕生开始介入这场殊死的战斗，使故事更加多姿多彩。宁生是以高尚的人品抗拒聂小倩的诱惑，燕生是以武艺与妖怪对抗。一文戏，一武戏，组成了小说多变的色调。聂小倩请求宁生囊其朽骨，归葬安宅，这是宁和聂以后关系发展的契机。

燕生与妖怪的搏斗，写得如火如荼，惊心动魄，神秘奇幻，极具武侠小说的色彩。妙就妙在全用旁观者宁生的角度来描写，是宁生去看、去感受，给这场殊死的战斗涂上了神秘的色彩。先是宁生要求与燕生同室而寝，燕生勉强同意，可见他天马行空、独往独来的风格。燕生特意叮嘱宁生不要去翻他的箱子，这是为了照应后面的情节。那个箱子是要命的东西，燕生将箱子放在窗子边。一面是忐忑不安、夜不能寐的宁生，一面是"就枕移时，齁如雷吼"的燕生。妖怪未来，已是山雨欲来风满楼。战斗的过程描写得活灵活现，如在眼前：

近一更许，窗外隐隐有人影。俄而近窗来窥，目光睒闪。宁惧，方欲呼燕，忽有物裂箧而出，耀若匹练，触折窗上石棂，飙然一射，即遽敛入，宛如电灭。

燕生闻声起来，"捧箧检征，取一物，对月嗅视，白光晶莹，长可二寸，径韭叶许。已而数重包固，仍置破箧中。"还自言自语："何物老魅，直尔大胆，至坏箧子。"那种满不在乎的口气，显出他对"老魅"的轻蔑和作为一个剑客的自信自负。燕生向宁生简略地介绍了自己的身份和战斗的经过，而拒绝了宁生学习剑技的请求，说宁生"犹富贵中人，非此道中人也"。由此可见，作为一个剑客，燕生的处事很有原则，剑技不能轻易传授于人。虽然宁生"信义刚直"，但不是江湖中人，也不宜传授于他。燕生将破革囊赠送宁生，这是为了照应后来的情节而埋下的伏线。至此，燕生这个人物完成了他在小说中的作用。

宁生安葬聂小倩的尸骸是过渡文字，接着，地点转向宁采臣的家。重点转向聂和宁母的关系。宁母担心聂小倩阴气太重，影响儿子的健康，尤其是担心影响后嗣的生育。聂小倩"肌映流霞，足翘细笋，白昼端相，娇艳尤绝"，到了宁家，先作婢女，操劳家务，再作兄妹，忍辱负重、"曲承母志"，终于得到宁母的信任和接纳。在宁妻病故以后，聂小倩成为宁的妻子。这个过程描写得极详细，可以看出作者对后嗣问题的高度重视。聂小倩和公婆相处的困难，反映了封建社会常见的婆媳关系。尤其是像聂小倩这样的女子，要与公婆和谐相处就更困难了。故事的尾声是革囊降伏妖怪，将其化作"清水数斗"。聂小倩先为宁生"举一男"，宁生纳姜以后，聂和姜又各为宁家添一男孩。真是不孝有三，无后为大，岂能掉以轻心！

纵观全文，一人一侠一鬼一妖，一文一武，明明暗暗；寺庙古刹，寻常家庭，神秘奇幻，日常生活；侠与妖战，人与妖斗。鬼而受制于妖，人而感化了鬼，侠而制服了妖，鬼而转化为人。尺幅之间，组成了多彩的场景、多重的节奏。聂小倩的形象，更是集侠骨和柔肠于一身，成为《聊斋志异》中一个独特的女性。

多情狐仙

　　《胡四姐》一篇，是《聊斋志异》中典型的艳情故事。一个书生（尚生）夜晚独坐，忽有"容华若仙"的美少女（胡三姐）来，二人两情相悦，一见面便"惊喜拥入，穷极狎昵"。尚生问胡三姐住在哪里，胡笑而不言，尚生也就不再问了，完全是临时苟合的一对男女。

　　接着写尚生得陇望蜀，接二连三，继胡三姐之后，又得胡四姐和无名狐精少妇。一见之下，不是"引臂替枕"，便是"灭烛登床，狎情荡甚"。对尚生来说，来者不拒，全部笑纳。但三狐的出现，并不相同。胡三姐第一个出现，不但是自己送上门来，而且是"踰垣来"，显然不是良家妇女。胡四姐的出现是先由胡三姐推荐，然后带来的。狐狸精少妇是尚生出门眺望看到的，都不用尚生自己去费心寻找。

　　尚生与胡三姐的相处，似乎非常融洽。尚生迷恋于三姐的美貌：

"我视卿如红药碧桃，即竟夜视，不为厌也。"胡三姐没有一点儿嫉妒之心，她主动向尚生提供情报，介绍新的情人。犹如《金瓶梅》里的妓女郑爱月，她主动为西门庆提供信息，怂恿西门庆去勾搭林太太。不同的是，胡三姐竟把自己的妹妹贡献出去。胡三姐告诉尚生，四姐比她更美，"若见吾家四妹，不知如何颠倒"。由此可以得知，作者写胡三姐，只是为胡四姐的出场作铺垫而已。对胡三姐的描写是笼统的四个字："容华若仙"。对胡四姐的描写就比较形象，而且富有诗意："年方及笄，荷粉露垂，杏花烟润，嫣然含笑，媚堕欲绝"。第一句是说她的年龄，"年方及笄"，这是蒲松龄最欣赏的年龄。后面四句，纯用诗笔，尤其是"荷粉露垂，杏花烟润"两句，直似《二十四诗品》中的句子。用这么美的语言来形容胡四姐的容貌，可以想象得出，作者是如何喜欢这个人物，难怪这篇小说要用胡四姐来命名。胡三姐主动地荐引胡四姐，尚生"狂喜，引坐"。三姐与尚生笑语，四姐则"手引绣带，俛首而已"，这是写小女子的羞涩。两人要离开的时候，尚生就竭力地将胡四姐留下了，这中间还有胡三姐的怂恿和撮合。故事到这里，情节并无出人意料之处，读者对《聊斋志异》里的这类艳遇故事，乃至一夜情，几日情，已经见怪不怪。谁知胡四姐告诉尚生一个惊人的秘密："阿姊狠毒，业杀三人矣。惑之，罔不毙者。妾幸承溺爱，不忍见灭亡，当早绝之。"胡四姐不但将胡三姐的庐山真面目透露给了尚生，而且书符帖于门，拒胡三姐于门外。胡三姐见帖，大骂四妹负心，过河拆桥。

三姐悻悻而去，四姐暂时告别，"约以隔夜"。在这个空当里，第三个狐狸精出现了，她不是少女，而是一位少妇。虽然没有胡四姐那么美丽，"亦颇风韵"。她又给钱，又带吃的，劝说尚生不要和胡家姊妹来往。看来尚生确实很有吸引力，他有家室，狐狸精却一个个呼呼地往他那儿跑。妻子知道尚生与狐狸精勾搭，也听之任之，置若罔闻。尚生吃着碗里，瞅着锅里，亦毋庸讳言。少妇的出现，只是一个插曲，胡家姊妹的出现，棒打鸳鸯，"骚狐"狼狈而逃，很快结束了这段吃喝为主的艳情。四姐对尚生得陇望蜀的行为非常不满。看四姐的意思，尚生可以寻花问柳，但不能臭的香的都往屋里领。尚生哀求四姐的原谅，三姐又从旁说合，于是，尚生与四姐重归于好，总算没有鸡飞蛋打。读到这里，读者未免会产生三点疑问：胡四姐为何能够揭穿姐姐的面目，此疑问之一；胡三姐在前面为什么没有对尚生下手，此疑问之二；四姐既与三姐结怨，为什么事后又能够携手同来，此疑问之三。分析起来，三姐、四姐虽为姊妹，但三姐害人，四姐不害人。虽同为狐女，却有本质的不同。虽然尚生不过是轻薄之徒，他的喜欢四姐，不过是好色而已，但四姐不太计较这一点。《聊斋志异》里的女子都不太计较这一点，因为作者对轻薄之徒，对各种骚扰乃至侵害行为，死缠烂打、朝三暮四的行为，常取宽容的态度。三姐这个形象比较复杂，她狠毒而杀人，当是事实。她似乎不像《画皮》里那个"狞鬼"，急着要吃人。胡三姐并不急于杀死尚生，她要先享受一下感情生活，以后再下手。当她的妹妹揭穿她的真相而且用符帖将她拒之门外以后，她气急败坏："婢子负心，倾意新郎，不忆引线人矣。汝两人合有夙分，余亦不相仇，但何必耳！"一面大骂妹妹过河拆桥，一面承认尚生和四姐有缘分。她和四姐没有达到恩断义绝的地步，所以她后来和四姐还能和好。胡四姐无害人之心，她对尚生动了真情，所以她能够不惜得罪三姐，揭穿三姐的真相而拯救尚生，男女之情战胜了血缘之亲。

　　道士的出现，使尚生和胡四姐的爱情经受了一次生死的考验，也是给了尚生一次报恩的机会。尚生遵四姐之嘱，放倒坛上的旗子，刺破了罩着瓶子的猪脬，"果见白气一丝，自孔中出，凌霄而去"，破坏了道士的法术，救了胡四姐一命。道士是为复仇而来，胡三姐所杀的三人之中，有一个就是道士的弟弟。道士从陕西不远万里来到山东泰山，就是为了报杀弟之仇。蒲松龄的恩报观念极重，有恩必报，有仇报仇，他要在《聊斋志异》所有的故事中无一例外地贯彻这个原则。道士的两个瓶子，类似《西游记》里妖精的那些瓶子或葫芦，把人装进去，贴上符箓，念念咒语，一时三刻，便将人化为脓水。胡三姐杀过三人，她的死，可以说是罪有应得，胡四姐没有害人，所以获救。连道士也说："幸止亡其一；此物合不死，犹可救。"

故事的尾声是尚生与胡四姐的最后一面。四姐终于修炼成仙，所谓狐仙。虽为狐仙，犹未忘情。特来与尚生作别，告诉他死期已近，她要帮助他，"度君为鬼仙"。爱的力量真是非常伟大。

聊斋的狐鬼世界

弥留之际

　　《耿十八》一篇，且不管其思想倾向如何，其描写男子弥留之际的光景和心态，最为真切。小说一开始就切入临终的镜头，耿十八病危，与妻子诀别。弥留之际，最放心不下的，床头人而已。正如西门庆临终时分，最放不下的是潘金莲一样。耿关心的是，在他身后妻子的打算，"永诀在旦晚耳。我死后，嫁守在汝，请言所志"。微妙的是"妻默不语"。看来，妻子明白，丈夫所谓"嫁守在汝"，外示宽容，其实是哄她说出内心真实的想法。这实在是一个令她尴尬的问题，说矢志守寡吧，势所不能，说改嫁他人吧，何必再去伤害弥留之际的丈夫。耿十八好像看透了妻子的心理，遂进一步做妻子的思想工作，诱导她说出心里话，"守固佳，嫁亦恒情。明言之，庸何伤？行与子诀，子守，我心慰；子嫁，我意断也"。话说得很透，通情达理。丈夫把话说到这个份上，妻子这才说出自己准备嫁人的苦衷，"家无担石，君在犹不给，何以能守？"耿十八的反应，把他刚才的"宽容"和"豁达"全部揭穿：

耿闻之，遽握妻臂，作恨声曰："忍哉！"言已而没。手握不可开。妻号。家人至，两人攀指，力辦之，始开。

下面，便是耿十八到了阴间，思念老母因而复活的大段文字。先是耿十八到了阴间，"顿念家中，无复可悬念，惟老母腊高，妻嫁后，缺于奉养；念之，不觉涕涟"。虽然没有明言责备妻子，但那种怨恨之心已不言而喻。耿十八到了阴间，十人一车，好像是凑成十人，装在一车，还要登记姓名，车当然是免费的。路过望乡台，众人纷纷登台，以释思乡之念。作者在这里特意点出："游人甚伙，囊头械足之辈，鸣咽而下上，闻人言为望乡台，诸人至此，俱踏辕下，纷然竞登。御人或挞之、或至之，独至耿，则促令登。"这是暗示读者，耿的一点孝心，已经感动御人。耿十八登上望乡台，"翘首一望，则门闾庭院，宛在目中，内室隐隐，如笼烟雾。凄恻不自胜"。耿刚死，妻子当然不可能立即就改嫁他人，但"内室隐隐，如笼烟雾"，已经向读者暗示形势不妙。耿十八在阴间和东海的一位匠人合谋，逃出阴间。一般来说，这当然是不可能的，但是，看来作者出于弘扬孝道的考虑，决定放他一条生路。中间逃跑过程中的心理写得非常细腻，也非常"真实"。这是蒲松龄的强项。把一件超现实的事情描写

聊斋的狐鬼世界

得非常"真实"，读者看到了心理的真实，对情节的超出现实就不太计较了。况且超现实的细节中又夹杂着生活的体验，弄得真假混杂，难分难解。本来，耿已经从台上跳下来，没有被人发现，"忽自念名字粘车上，恐不免执名之追；遂反身近车，以手指染唾，涂去己名，始复奔"。

故事的尾声便是耿十八的复活。结尾的点睛之笔是"由此厌薄其妻，不复枕席云"。显然，作者对耿妻是有所谴责的。只是因为弥留之际妻子说了真话，表示生活所迫，不得不改嫁，做丈夫的耿耿于怀，怀恨在心，永远不能原谅她，这是蒲松龄夫权思想的一个证明。

本篇可以和《祝翁》一篇一起读。后者写祝翁死而复活，劝说老伴与其同赴黄泉，理由是："转思抛汝一副老皮骨在儿辈手，寒热仰人，亦无复生趣，不如从我去。故复归，欲偕尔同行也"。接着，"翁移首于枕，手拍令卧"，老伴说，子女都在，双双躺着，像什么模样，祝翁说，这有什么关系。没有想到，两人躺下以后，"俄视媪笑容忽敛，又渐而两眸俱合，久之无声，俨如睡去。众始近视，则肤已冰而鼻无息矣。试翁亦然"。两篇作品，风格不同，一悲一喜，但反映出来的心态是一样的。蒲氏在《祝翁》一篇结尾的"异史氏曰"里感慨地说："人当属纩之时，所最不忍诀者，床头之昵人耳。"

复仇女郎

　　《聊斋志异》中塑造的人物，形形色色，千姿百态。《侠女》一篇，塑造出一位"艳如桃李，而冷如霜雪"的侠女，为《聊斋志异》的人物画廊又增添了一位令人掩卷难忘的形象。

　　既为侠女，必有其神秘之处。所以作者对侠女的描写表现得非常有耐心，一点一点，一步一步地揭出她的庐山真面。作者将侠女放在暗处，而将顾生放在明处。故事随着顾生的行踪而逐步地展开，但描写的重点是侠女。侠女的一切，都通过顾生去观察去感受。

　　顾家贫穷，靠顾生"为人书画，受贽以自给"，二十五岁了，还没有成家。隔壁住着母女两个，这母女两人，同样的拮据，老媪是聋子，住的是一所空房子。生活的来源，则"仰女十指"。"视其室，并无隔宿粮。"女郎时常地来顾家借这借那。有一次，女郎来顾家借米，"云不举火者经日矣"，其家经济之困难，由此可见一斑。顾家和女郎家的关系，就是一般的邻里关系。女郎"年约十八九，秀曼都雅，世罕其匹"，与众不同的是，女郎"为人不言亦不笑"，态度冰冷，有一种凛然不可侵犯的气派。顾母推测，"女不似贫家产"，这一点推测在故事的结尾得到呼应。顾母探询其家，愿意不愿意将女儿嫁过来，"媪意似纳"，"转商其女"，那女子却"默然，意殊不乐"。古代社会，女子到这个年龄还没有出嫁，显然是因为贫穷。可是，这位女郎却不愿意嫁给顾生。作者一开始，就布下了团团疑云，给女郎的形象蒙上了神秘的色彩。

故事似乎无法向前推进，这时，作者插入一个娈童。他的特点是轻佻，三来两去，顾生和他就成了同性恋。这个娈童的出现，其实是为了描写侠女。娈童挑逗侠女，侠女狠下杀手，杀死娈童，于是，侠女终于撩开了她神秘的面纱。与此同时，作者借顾生、侠女、娈童三人之间那种微妙的关系，随着矛盾的深入，使三个不同的性格互相映衬，相得益彰。

顾母"疳生隐处"，而邻女"时就榻省视，为之洗创敷药，日三四作"，"不厌其秽"。顾母感激，心中不安，过意不去。与此同时，更加迫切地希望邻女能做她的儿媳。顾母卧病在床，对邻女说了一番心里话：

母曰："唉！安得新妇如儿，而奉老身以死也！"言讫悲哽。女慰之曰："郎子大孝，胜我寡母孤女什百矣。"母曰："床头蹀躞之役，岂孝子所能为者？且身已向暮，旦夕犯霜露，深以桃续为忧耳。"

顾母所说，都是肺腑之言，但邻女没有答应什么，也没有说明原因。依然"举止生硬，毫不可干"。事情终于有了转机，冷如霜雪的邻女居然"嫣然而笑"，与顾生有了第一次亲密接触。顾生显然是个轻薄之徒，但《聊斋志异》中男主角大多如此，我们已经见怪不怪。人家对他笑了一下，他就敢去搂抱人家，女郎居然也没有拒绝。但是，她又告诫顾生："事可一而不可再！"顾生又与她相约时，"女厉色不顾而去。日频来，时相遇，并不假以词色。少游戏之，则冷语冰人"。为什么如此，作者没有急于为我们解释，邻女依然保持着她的神秘。

　　作者没有接着延伸顾生和女子的这条线索，而是将这条线索搁在一边，来写女郎严惩娈童的插曲，借顿挫而造成节奏的变化。这就是金圣叹所谓的"横山断云法"。惩罚娈童的过程设计得极为巧妙，先是女子让顾生给娈童传达她的警告，接着是娈童的不以为然。三人是三种态度，女郎是受辱以后的愤怒，向娈童发出严重警告。娈童则认为女郎是假作正经，并且请顾生转达他对女郎的警告："亦烦寄告：假惺惺勿作态；不然，我将遍播扬"。顾生对于娈童之调戏其女友，已是不快，现在娈童反过来要挟女郎，所以顾生非常愤怒。女郎将如何应对，成为悬在读者心头的悬念。

　　作者没有立即延伸女郎与娈童的冲突，却又插入顾生与女郎的第二次亲密接触。这就带来一个疑问，是不是女郎后悔，改变了原先"事可一而不可再"的主意。恰好两人的第二次亲密，被娈童撞上。于是，女郎和娈童有了正面交锋的机会。娈童得意扬扬，以为这一下抓住了女郎的把柄，"我来观贞洁人耳"。女郎自然非常尴尬，难以自解。娈童不知，他的羞辱女郎，恰成其为一支催死的令箭。女郎顿时显出侠女的本来面目：

> 女眉竖颊红，默不一语。急翻上衣，露一革囊，应手而出，则尺许晶莹匕首也。少年见之，骇而却走。追出户外，四顾渺然。女以匕首望空抛掷，戛然有声，灿若长虹；俄一物堕地作响。生急烛之，则一白狐，身首异处矣。

娈童的任务到此结束，非有娈童之死，女郎的女侠面目，终不显于人前。顾生事后问她是怎么回事，侠女告诉他："此非君所知。宜须慎秘，泄恐不为君福。"即是说，不该知道的，你不要打听。知道多了，对你没好处。下面的情节，就是侠女继续侍奉顾母，更重要的是，为顾家生了一个儿子，留下了后代。比较特别的是，侠女不再和顾生有男女之欢，这一点，侠女很坚决。她之所以与顾生亲密接触，只是为了报答顾家对她母亲的种种关照。而她的报答，限于为顾家传宗接代。第一次亲密，没有怀孕，所以又有了第二次。

第二次有了孕，就没有必要再有第三次了。可以为顾家生儿子，但养儿子则不管了。这里突出的是孝，是继嗣的重要。至于床笫之事，则不在侠女考虑的范围之内。侠女不想成为顾的妻子，她为顾怀了孩子，却依然行踪诡秘，顾生去找她，屋里没人，顾怀疑"女有他约"，侠女告诉顾："君疑妾耶？人各有心，不可以告人。今欲使君无疑，乌得可？"并说自己已经怀了顾的孩子，回去就说是要来的孩子。宁可被顾误会，也不愿说出自己的行踪。侠女的行事，神秘诡谲，非常低调，别人知道得越少越好，始终保持神秘的色彩。一直到最后，侠女复仇，取得仇人之首，然后方才说明真相，一切水落石出，"妾浙人。父官司马，陷于仇，彼籍吾家。妾负老母出，隐姓名，埋头项，已三年矣。所以不即报者，徒以有母在；母去，又一块肉累腹中；因而迟之又久。曩夜出非他，道路门户未稔，恐有讹误耳"。悬念一直保持到了最后。读至结尾，侠女的面目仍然是朦胧的，她从何学得刺杀绝技，她如何就预知顾生"福薄无寿，此儿可光门闾"，刺杀仇人的经过如何，这些都是谜。

唐人传奇和传记文中，已有多篇作品提到类似的女子为父复仇的故事，如李肇的《国史补》、崔蠡的《义激》、皇甫氏的《原化记》，这些作品都是一种纪实的风格，缺乏细节的描写，缺乏生活的场景。但其中的复仇女子都有一种神秘色彩，都是潜伏数年，最后一快恩仇，提了仇人之头，与丈夫告别。这些女子一心复仇，无心家庭生活，

聊斋的狐鬼世界

复仇以后，一去不复返。甚至杀死儿子，以断绝牵挂，显得绝情而冷酷。蒲松龄吸收其中的想象力，继承了他们的故事框架，除去其中的冷酷，保留了其中的绝情和神秘，增加了细节的描写、生活场景的描写。

《商三官》一篇，也写女子为父亲报仇。士人商士禹为邑豪捶死，禹有二子而未能复仇，女儿三官则采取类似《谢小娥传》里的复仇方式，乔装打扮，以优伶身份混入邑豪家中。三官"善窥主人意向"，深得邑豪欢心，"酒阑人散，留与同寝"，三官乘机杀死邑豪，然后从容自尽。三官之刚烈，与谢小娥同，但三官之深藏不露，不动声色，则又在小娥之上。刺杀一节，作者不直接描写其中情状，而是从户外人的所闻所见去写，去调动读者的想象：

诸仆就别室饮。移时，闻厅事中格格有声。一仆往觇之，见室内冥黑，寂不闻声。行将旋踵，忽有响声甚厉，如悬重物而断其索。亟问之，并无应者。呼众排闼入，则主人身首两断；玉自经死，绳断堕地上，梁间颈际，残缒俨然。

由此可见，蒲氏在题材的处理上总是喜欢另辟蹊径，出奇制胜。

三角恋爱

　　这是三百年前的三角恋爱，一人一狐一鬼。给人的感觉，没有那么沉重。这里没有社会舆论的监督，没有经济利益的负担，没有子女的牵制。故事很简单，一切都被简化了，基本上只在桑生、莲香、李氏三个人之间进行，蒲氏无意把人物写成一切社会关系的总和。可是，一个文言短篇，能够像《莲香》这样写出曲折的故事，写出三个生动的人物，确实已经很不容易。

　　桑生少孤，这样使情节简化了很多，父亲的干扰没有了。故事基本发生在一间小屋里，像一部《我爱我家》之类的室内电视连续剧。空间很有限，主要人物也只有三个，但故事极具趣味。桑生坐拥双美，周旋于两个美女之间，一个是狐女莲香，一个是鬼女李氏。二女均投怀送抱，主动地送上门来。李氏终于克服她的嫉妒，"给奉殷勤，事莲犹姊"。而莲香也对桑生之喜爱李氏表示理解，"窈娜如此，妾见犹怜，何况男子！"男女相悦，一见面，或是"息烛登床，绸缪甚至"，或是"罗襦衿解，俨然处子"，这都是《聊斋志异》中常见的公式。蒲氏那种娇妻美妾、男子为主的思想，确也无可否认。莲香像一个少妇，老练大方，有社会经验，没有李氏那么多的羞涩。李氏"年仅十五六"，是一个少女，天真单纯，好胜，少世故，遇事没主意，遇到三角关系的问题，不知如何处理。莲香多理智，头脑冷静，李氏则常常感情用事，其短处在此，其可爱之处亦在此。莲香之诙谐处，亦为李氏所缺乏。看莲香对李氏所说的话，一分调侃，一分责备，一分爱怜："闻鬼物利人死，以死后可常聚，然否？""痴哉！夜夜为之，人且不堪，而况于鬼？""恐郎强健，醋娘子要食杨梅也。"送药需要李氏的唾液，李氏害羞，"晕生颐颊，俯首转侧而视其履"。莲香挖苦她："妹所得意惟履耳！"李更加害羞，莲香却点破她："此平时熟技，今何吝焉？"蒲氏特别善于这类女子之间的调侃戏谑。莲香的泼辣，小小的报复之心，对情敌的亦怜亦怨，均跃然字里行间。桑生不听劝告，继续与李氏往来，以致病入膏肓，积重难返，莲香进门，知道李氏又来，大怒，指责桑生道："君必欲死耶！"真所谓爱之深，责之切。桑生卧床不起，莲香采药归来，她一进门的第一句话是："田舍郎，我岂妄哉！"作者双管齐下，忽而莲香，忽而李氏，相得益彰，互衬而显，相映成趣。而作者似乎更加倾向于莲香，所以小说以"莲香"命名，并非没有原因。作者倾向莲香，是多为男子着想。莲香无损于桑生的健康，桑生病了，莲香为他入山三月，采药治病。莲香警告桑生与李氏断绝来往，并非出于嫉妒，而完全是为桑生的健康着想。而李氏虽然深爱桑生，并无意加害桑生，但客观上损害了桑生的健康，也是事实。桑生病危，李氏束手无策，如果没有莲香，桑生只有坐以待毙。

《莲香》一篇，结构上极为巧妙，显示出蒲氏编织故事的高明技巧。三人的性格正从曲折而自然的情节中塑造出来，性格推动着故事向前发展，而不是人随事走，通篇故事似乎在回旋往复而不断出新。先是一妓而自称是鬼，接着是狐仙莲香飘然而至，却自称是西家妓女。李氏是鬼，悄然而至，却自称是良家女。桑生先是大言声称："丈夫何惧鬼狐？雄来吾有利剑，雌者尚当开门纳之。"妓女来了，自称是鬼，他却信以为真，吓得"齿震震有声"。真狐来了，他又以为是妓女。真鬼来了，他又以为是良家女。先是李氏偷窥莲香，向桑生点破莲香身份："美矣。妾固谓世间无此佳人，果狐也。去，吾尾之，南山而穴居"。接着是莲香窥李氏，向桑生揭穿李氏身份："是真鬼物"。李氏偷窥莲香，是因为担心莲香比自己更美，莲香偷窥李氏，是看到桑生身体不佳，怀疑李氏是鬼。李氏真妒而桑生笑之，莲香非妒而桑生责之以妒。作者特意点出这一细节：莲香护理桑生，"夜夜同衾偎生；生欲与合，辄止之。数日后，肤革充盈"。说明莲香为了让桑生尽快恢复，拒绝了桑生的求欢，这一点与李氏形成了明显的对比。先是李氏妒莲香，再则莲香疑李氏，中间穿插一个桑生，一概视之为妒。桑生抚履而李氏即来，莲香玩鞋而三人不期而遇，情敌相逢于斗室之内，这是《莲香》一篇的重头戏。可蒲氏却举重若轻，活现出三角恋爱中三人不同的性格和心态。李氏羞怯，"返身欲遁"，莲香大方，笑着要当面向李氏讨一个清白："妾今始得与阿姨面相质，昔谓郎君旧疾，未必非妾致，今竟如何？"李氏无言以对，承认错误。莲香没有视李氏为仇敌，表现得非常宽容："佳丽如此，乃以爱结仇耶？"看得出来，她还有点喜欢李氏。李氏无心害人而其实害人，其实害人而能够认错悔过，认错悔过而爱心难遏，所以"悒悒不乐"，痛苦万分。李氏表示，如果有人能够治好桑生的病，她愿意出局："如有医国手，使妾得无负郎君，便当埋首地下，敢腆然于人世耶！"这种表态是真诚的，但也是很痛苦的，内心充满了矛盾。桑生兼爱二人而不愿有所取舍，但眼下生命垂危，但看两位佳丽如何处置，如何挽救他的生命。性格之不同和冲突，恰成为情节发展的动力。三人相对，三种心态，刻画得惟妙惟肖。作者站在男性的立场上考虑问题，所以他几乎没有责备桑生的意思，而是将责任明显地推向李氏，李氏成了罪魁祸首。而且莲香与李氏共事一夫，而思想毫无痛苦，这也不合人之常情，爱情毕竟是排他的。

故事的后半，成为强弩之末。蒲氏要凑成一个娇妻美妾的结局，费尽心思，读起来觉得有点勉强。莲香替桑生治病，救桑生于垂危之际，又为桑生生子，是桑家的有功之臣。但是，她仍以异类为憾，乐死而不乐生，死后转世为人，与桑生结合，这才如愿以偿。李氏曾经损害了桑生的健康，自觉有负于桑生，她非常的痛苦。最后借尸还魂，托生为人，在莲香死后，李氏终于和桑生结为连理。

用心良苦

　　有各种各样的仇，也就有各种各样的报。《九山王》一篇，是一种用心良苦、深谋远虑的复仇。有狐数十百口，在曹州李姓的荒园安家落户。李氏"阴怀杀心"，狠下杀手，用数百斤硝硫，一举焚之，"焰亘霄汉，如黑灵芝，燔臭灰眯不可近；但闻鸣啼噪动之声，嘈杂聒耳"。大火熄灭以后，但见"死狐满地，焦头烂额者，不可胜计"。这是极写景象之惨，为后来的报复之酷作铺垫。老狐责备李氏："夙无嫌怨；荒园岁报百金，非少；何忍遂相族灭？"并警告说："此奇惨之仇，无不报者！"

　　老狐发出警告以后，李氏以为狐的复仇，无非是"掷砾为殃"之类。奇怪的是，"年余无少怪异"，好像只是虚声恫吓而已。可是，事情的发展，大大出乎李氏的意料之外，亦为读者始料之所不及。

　　狐狸复仇的事情没了下文，作者荡开一笔来写李氏糊里糊涂当了九山王的经过，这一过程写得极为详细。一个普普通通的诸生，如何就一步一步变成了一个草头王。背景是群盗啸聚，社会动荡。关键是一个"星者"的怂恿，星者自号"南山翁"。这个号里面其实暗示着他的来历，但作者并不急于点破。星者之所以能够说动李氏下水，除了人心思乱以外，有两方面的原因：一是星者"言人休咎，了若目睹"，使他容易获得人们的信任，并进而产生一种依赖感。二是李氏自有野心。星者说李氏是真主。李氏开始也将信将疑："岂有白手受命而帝者乎？"但架不住星者的如簧之舌，"不然。自古帝王，类多起于匹夫，谁是生而天子者？"殊不知，帝王固然多起自匹夫，但并不等于匹夫都可以当帝王。当然，按情理来说，野心是随着实力的膨胀而膨胀的，没有一下子就想当皇帝的。但这是专讲狐魅花妖的小说，得允许它有点夸张。星者自愿为李氏这位真主当军师，这位军师也不是吹的，"浃旬之间，果归命者数千人"。势力急剧地膨胀，邑令领兵来讨，兖兵来伐，都大败而去，"将士杀伤者甚众"。实力大增，九山王之名大噪，加上星者为"护国大将军"，替九山王保驾护航，李氏"高卧山巢，公然自负，以为黄袍之加，指日可俟矣"。谁知山东巡抚发精兵数千，六道合围，九山王"今而知朝廷之势大矣！"结果，李氏被擒，"妻孥戮之"。作者这才点破，星者就是老狐，他来怂恿李氏造反称王，完全是为了报复。李氏的势力发展得越大，李的罪恶也就越大。老狐的复仇，真可谓用心良苦。

《遵化署狐》与《九山王》，有异曲同工之妙，但没有《九山王》

那么复杂。丘公为遵化道，署中多狐，时出殃人，丘公恨之，亦不为无因。但狐来乞求宽限三日，容其迁徙，而丘公也和李氏一样，痛下杀手，以巨炮骤入，"环楼千座并发。数仞之楼，顷刻摧为平地，革肉皮毛，自天雨而下"。作者写出细节："但见浓尘毒雾之中，有白气一缕，冒烟冲空而去。"众望之曰："逃一狐矣。"这就留下了祸根。

遵化署狐狸的复仇同样的用心良苦，设计的方法相当巧妙：

公遣干仆赍银如干数赴都，将谋迁擢。事未就，姑窖藏于班役之家。忽有一叟诣阙声屈，言妻子横被杀戮；又讦公克削军粮，夤缘当路，现顿某家，可以验证。奉旨押验。至班役家，冥搜不得。叟惟以一足点地。悟其意，发之，果得金。金上镌有"某郡解"字。已而觅叟，则失所在。执乡里姓名以求其人，竟亦无之。公由此罹难。乃知叟即逃狐也。

两篇小说都写狐狸用心良苦的复仇，寄寓着几乎同样的教训，惩治坏人也要有分寸。另外，坏人的报复往往是利用了受害者的弱点。李氏如果没有野心，则老狐也无所用其蛊惑；丘公自己不图升迁，狐狸也无从施其诬陷。

惜乎击之不中

　　几千年的封建社会，不知有多少苦情冤魂，不知有多少百姓申冤无路，哭诉无门。呻吟于专制铁蹄下的草民，在还有一口稀饭吃的情况下，不会揭竿而起、铤而走险。难怪鲁迅"哀其不幸，怒其不争"，他说，中国的历史，不是做稳了奴隶的时代，就是欲做奴隶而不得的时代。他们一寄希望于清官，二寄希望于游侠，三寄希望于鬼神。殊不知这三者实际上都靠不住。天下乌鸦一般黑，包公能有几个？游侠是有几个，也大多变成了山大王，打家劫舍而已，或是成了大僚的保镖，哪有几个真正替天行道的？鬼神则更是子虚乌有，画饼充饥，自欺欺人而已。蒲松龄心有不甘，他便在虚拟的故事里，用他的那枝秃笔，让穷人一快恩仇，聊破郁闷。《红玉》一篇，写退居乡间的宋御史，强抢冯家儿媳卫氏，致使冯家家破人亡的惨剧。这里没有清官来为冯家申冤，而是侠客见义勇为在前，狐仙红玉相助在后，宋家灭门，冯家终于重振家业。

故事没有直接进入中心的事件，先是红玉和冯相如的艳情故事，显然是为最后红玉的出现预作铺垫。这个艳情故事和《莲香》《胡四姐》之类的故事不同，没有那么顺利，作者的本意并不在此。冯相如有个性格刚直的父亲，他对于这种没有合法手续的同居苟合坚决反对。他痛斥儿子"不刻苦"，"学淫荡"，"人知之，丧汝德；人不知，促汝寿！"痛骂红玉："女子不守闺戒，既自玷，而又以玷人。倘事一发，当不仅遗寒舍羞！"骂得狗血喷头。从这里我们也就可以明白，为什么《聊斋志异》中艳情故事中的男主角往往是"少孤"没有父亲的。在封建社会里，冯父的这种态度非常正常，他若是不反对，倒是不正常了。冯生和红玉都没有反抗家长的勇气，只好流泪分手。红玉出资四十两白金帮助冯生成家，促成了冯生与卫氏女的结合。至此，似乎写红玉，只是为了引出卫氏女而已。这里，着重写冯生如何瞒着父亲，不敢说出红玉的资助，以突出冯父的为人。冯父虽然在儿子的婚姻问题上表现得很专制，但他不会收受来历不明的钱财。

　　冯生与卫女伉俪情笃，不料大祸从天而降，贿赂免官、退居林下的宋御史，清明节见到卫女，羡其美艳，竟想占为己有。先是"诱以重赂"，冯父"大怒，奔出，对其家人，指天画地，诟骂万端"。宋见行贿不成，恼羞成怒，"竟遣数人入生家"，光天化日之下，大打出手，将卫女强行抢去。一时间，冯家"父子伤残，吟呻在地，儿呱呱啼室中"。老父"忿不食，呕血寻毙"，妇不屈而死。冯生"抱子兴词，上至督抚，讼几遍，卒不得直"。几次想行刺宋，却顾虑其凶从众多，而婴儿又无人照顾，未能如愿。家破人亡，景况相当悲惨。什么叫弱势群体？这就是弱势群体，他们无钱无势，不掌握任何社会资源，没有任何力量可以依靠，法律不欺负他们欺负谁！这种惨剧在封建社会里，不足为奇。

冯生有心而无力，有侠客扼腕切齿，打抱不平，替他报此血海深仇。侠客和冯生的对话，急促紧迫，愤激悲凉，活现出一位刚肠热血的侠客形象：

客遽曰："君有杀父之仇、夺妻之恨，而忘报乎？"生疑为宋人之侦，姑伪应之。客怒眦欲裂，遽出曰："仆以君人也；今乃知不足齿之伧！"生察其异，跪而挽之，曰："诚恐宋人饵我。今实布腹心；仆之卧薪尝胆者，固有日矣，但怜此褓中物，恐坠宗祧。君义士，能为我杵臼否？"客曰："此妇人女子之事，非所能。君所欲托诸人者，请自任之；所欲自任者，愿得而代庖焉。"生闻，崩角在地。客不顾而出。生追问姓字，曰："不济，不任受怨；济，亦不任受德。"遂去。

侠客果然言出行随，一夜间，宋氏一家遭灭门之报，"杀御史父子三人，及一媳一婢"。虽然杀人过多，殃及无辜，使人想起武松之血溅鸳鸯楼，但冤冤相报，以暴止暴，事出有因。

宋家的命案，自然牵连到冯生，于是冯生入狱。请看冯生和县令的对话：

见邑令，问："何杀人？"生曰："冤哉！某以夜死，我以昼出，且抱呱呱者，何能逾垣杀人？"令曰："不杀人，何逃乎？"生词穷，不能置辨，乃收诸狱。生泣曰："我死无足惜，孤儿何罪？"令曰："汝杀人子多矣；杀汝子，何怨？"

没有杀人，跑什么？问得不是没道理。但是，逃跑并不能证明冯生杀人，至多是有嫌疑而已。定案需要杀人的直接证据，光有杀人动机是不够的。可县令不去找证据，他只要口供，也只相信口供。没有口供不要紧，他可以刑讯逼供，可以用各种办法折磨犯人，使其生不如死，那时候还怕没有县令所需要的口供吗？更荒唐的是，无辜的孤儿也要为父亲顶罪。当然，从现代法律去看，冯生必须和"警方"配合，说出侠客的情况，知情不举也是要负法律责任的。但是，官是贪官，是昏官，法律只保护有钱有势的人，冯怎能出卖恩人，冯如果做出对不起侠客的事情，那他就不是人，也无颜去见冤死的父亲。即便是现代社会，也有很多像《追捕》那样的电影和电视剧，里面充满着对警方的不信任。强力机构难免受到腐蚀，也有败类，有蛀虫，这不也是人所共知的事实吗？

眼看冯生一案已无翻盘的希望，这时，奇迹出现了，县令受到了严重警告："令是夜方卧，闻有物系床，震震有声，大惧而号。举家惊起，集而烛之，一短刀，铦利如霜，剁床入木者寸余，牢不可拔"。县令一看，"魂魄俱失"，心想宋家人也死了，便把冯生放了。这个情节大概受到了唐人小说《甘泽谣·红线》的启发，女侠红线，一夜之间，往返七百里，在戒备森严的魏博节度使衙，取走田承嗣枕边的金合，使田承嗣醒来"惊怛绝倒"，不敢再窥山东一眼。真所谓"扬威玉帐，但期心豁于生前；同梦兰堂，不觉命悬于手下"。是谁将匕首放到了县令的枕边，作者没有急于为读者揭开这个谜底。

冯生虽然大仇已报，但父亲冤死，儿子被公人抛弃山中，家产荡尽，贫到彻骨，家徒四壁，"惨酷之祸，几于灭门"，不禁悲从中来，大哭失声。这时，久违的红玉出现了，而且还抱来了冯的儿子。红玉帮助冯生白手起家，终于重振家业。虽然这个结尾只是作者安慰读者、也安慰自己的团圆幻想，其中的描写却充满生活气息，劫后重逢悲欢交加的情景跃然纸上：

凝神寂听，闻一人在门外，呶呶与小儿语。生急起窥觇，似一女子。扉初启，便问："大冤昭雪，可幸无恙？"其声稔熟，而仓卒不能追忆。烛之，则红玉也。生不暇问，抱女鸣哭。女亦惨然。既而推儿曰："汝忘尔父耶？"儿牵女衣，目灼灼视生。细审之，福儿也。

纵观全篇，内容颇为复杂，有公案，有侠义，有爱情，悲欢离合，令人唏嘘。给人印象最深的，是百姓的善良无辜，作者对草民的同情，对土豪劣绅、墨吏贪官的深恶痛绝。难怪蒲氏在结尾的"异史氏曰"中说："刀震震入木，何惜不略略移床上半尺许哉？使苏子美读之，必浮白曰：惜乎击之不中！"

爱的极致

蒲松龄欣赏性情中人，当然也是夫子自道，《聊斋自志》中即自认"遄飞逸兴，狂固难辞；永托旷怀，痴且不讳"。《聊斋志异》中有书痴、石痴、艺痴、酒痴，更多的当然是情痴、情种。恰如蒲氏在《阿宝》这篇作品的"异史氏曰"中所云：

性痴则其志凝：故书痴者文必工，艺痴者技必良，世之落拓而无成者，皆自谓不痴者也。

《阿宝》这篇作品，就是写了一个情痴、情种。这篇作品虽以"阿宝"为名，其实描写的中心是男主角孙子楚，阿宝的文字极少，她只是一个陪衬，而且作者也不去强调她的容貌之美。写才子和佳人终成眷属不难，但要写孙子楚与阿宝成为眷属非常困难。一个大富，一个贫穷，门不当，户不对。即便孙子楚有相如之才，阿宝亦并非遇到才子就一见钟情的卓文君。他们成为配偶的机会几乎就是零，所以，要写成二人团圆的结局，而又要显得水到渠成，非常自然，当然是不容易的。故事也就极尽曲折，就好像三言里的《卖油郎独占花魁》。

作品以孙子楚的求偶作为主要的线索，笔头紧跟他不放。孙是名士，"生有枝指"，"性迂讷"，绰号"孙痴"。孙子楚虽然贫穷，却自有其名士的气质。所以，孙子楚之追阿宝，并非癞蛤蟆想吃天鹅肉，他不过是穷罢了。我们很快就知道，"生有枝指"的介绍是一处伏笔，却并非"千里伏线"，作者很快就要用到这一点。一个"痴"字，更是贯穿全篇的要点，也是推动爱情向前发展的动力。由此可见，对孙的介绍虽然极其简略，却没有一处闲笔。《聊斋志异》在人物出场时一般都会作一简单介绍，这种介绍往往都与后面的情节有关，没有一个字的废话。有的文字，乍一看去，与故事或人物不相干，其实不然。似乎落墨甚远，其实切题很近。

阿宝绝色，出身邑中大贾，"与王侯埒富。姻戚皆贵胄"，"日择良匹，大家儿争委禽妆，皆不当翁意"。"日择良匹"，说明阿宝家急于择偶，但门槛很高，应聘者"皆不当翁意"。可见，无论从社会舆论来看，还是从阿宝家来看，阿宝嫁给孙子楚都是不可能的。

孙子楚痴，所以他常常成为众人取笑、捉弄的对象，谁知这种取笑和捉弄两次促成了孙子楚向阿宝的追求，反而成全了他。在众人的怂恿下，孙子楚"殊不自揣"，向阿宝家求婚。谁知阿宝家早就知道他的情况，知道他穷，而且孙子楚的痴，更是名声在外，所以当即予以拒绝，孙的第一次求婚无果而终。但是，阿宝开玩笑地说："果去其枝指，余当归之。"这个玩笑不要紧，使事情有了转机，在情节上起到了节外生枝的作用。孙子楚痴，极认真，信以为真，居然"以斧自断其指"。代价当然很大："大痛彻心，血益倾注，滨死"。真是世界上怕就怕"认真"二字。这一戏剧性的情节有点类似唐人小说《玄怪录》中《张老》一篇的开头。张老是扬州一园叟，他向衣冠人家韦恕的长女求婚，韦恕大怒，视其为极大的侮辱。他赌气地借媒人向张老放话："为吾报之，今日内得五百缗则可。"谁知张老并非等闲之人，韦恕实在是低估了这个求婚者。"未几，车载纳于韦氏。"韦恕不得不将女儿嫁给张老。但是，蒲松龄的小说情节，没有这么简单，他有一种"事"不惊人死不休的精神，总要做到百步九折才罢休。要娶到阿宝这样的妻子，仅仅一个手指头是远远不够的，孙子楚还有很长的路要走。阿宝提出第二个要求："戏请再去其痴。"孙子楚的断指给了阿宝一次感动，阿宝没有同意，但是，"女亦奇之"。之所以提出去痴的要求，自然也包含着阿宝的疑惑，孙子楚是不是缺心眼？

下面，作者荡开一笔，写孙子楚差点放弃他的追求。他"转念阿宝未必美如天人，何遂高自位置如此？由是曩念顿冷"。求婚不遂的孙痴，颇有一点儿狐狸没吃着葡萄的心态。

但这种自我安慰，也不失为从痛苦中解脱出来的一个办法。谁知作者很快就将笔收回来，把弦绷得更紧。清明节，又是在众人的怂恿下，孙子楚欣然前往，真的见到了阿宝，看到"众情颠倒""纷纷若狂"的情况，灵魂竟随阿宝而去。不是倩女离魂，不是杜丽娘离魂，而是孙子楚离魂随美人而去了。接下来，便是孙子楚魂随阿宝的大段描写。

魂随阿宝的描写大致可以分成三个阶段：一是魂随阿宝家中，"坐卧依之，夜辄与狎"。孙家请巫，去阿宝家招魂，阿宝一面害怕，一面"阴感其情之深"。二是浴佛节孙魂与阿宝的相遇。三是孙子楚的灵魂化作鹦鹉，追随阿宝。为了"得近芳泽"，孙宁可永远成为一只鹦鹉。阿宝深为感动，许诺"君能复为人，当誓死相从"。孙子楚怕阿宝诓他，要了阿宝的绣履以为信物。这种变作鹦鹉而追随在意中人身边的想象，大概是受了前人的启发。陶渊明有一首《闲情赋》，赋中便说，为了接近心上人，"愿在衣而为领"，"愿在裳而为带"，"愿在发而为泽"，"愿在眉而为黛"，"愿在莞而为席"，"愿在丝而为履"，"愿在昼而为影"，"愿在夜而为烛"，"愿在竹而为扇"，"愿在木而为桐"。蒲松龄的《阿宝》又添上一种设想："愿在屋而为鸟。"诗人的浮想联翩，启发了小说家的情节构思。

最后的一道障碍来自阿宝的家长，他们承认"此才子名亦不恶"，但顾虑孙"有相如之贫。择数年得婿若此，恐将为显者笑"。但是，阿宝"以履故，矢不他"，于是，有情人终成眷属。孙早卒，阿宝悲伤，绝食，乘夜自经。阿宝的贞节感动阴间，二人再生复活。科考前，众人调理孙子楚，故意授以"漏题"，典试者"力反常经"，孙子楚歪打正着，举进士，授词林，平步青云。阿宝的自尽显得有点勉强，这种富贵结局更是表现出蒲松龄思想的庸俗，也是这位乡村老秀才一厢情愿的幻想。

这篇小说将爱的力量形容到极致，得之则生，失之则死，生生死死的痴情终于打动了女子的心。

是不是欺骗，已经不太重要

　　同样的一篇作品，不同的人往往会有不同的感受，从中读出不同的意思。古人所谓"作者未必然，而读者未必不然"，西人所谓"一千个观众，便有一千个哈姆雷特"。《口技》这一篇名作，写村女行医，"不能自为方，俟暮夜问诸神"。求医者在门窗外，"倾耳寂听"，只听得诸神相继而至，寒暄叙谈，村女问病，诸神一一作答，然后按方治病。显然，这是村女借口技自神其医术的手段。

　　有人读了，引发对女性的攻击：

　　从来短英雄之气，灰志士之心，乱伦纪之常，离骨肉之欢，甚至衾裯迷恋，甘酖毒以为宴安，枕箪咽嘈，慰红颜而恼白发，身家破丧，福泽消亡，皆出自妇人女子之口。（冯评）

与此同时，也不得不佩服其口技的出神入化："一女子能幻出九姑、六姑、四姑，以及三婢，更有小儿。一女子之口能为九姑之声，六姑、四姑之声，三婢、小儿之声。时而窃窃语，时而絮絮语，时而乱言，时而笑，时而哗。且参差并作，喧繁满室，俱能清越娇婉，使听者信其神而不疑，购其方而恐失。富家则千金不失，贫士亦三叩弗顾。术盖奇哉！"

现在的读者，恐怕首先要惊异于村女口技之高明。不是一般的高明，而是达到了一种出神入化、炉火纯青的地步。作为小说的研究者，必然要欣赏于作者蒲松龄的描写，把村女的口技写得活灵活现，如在眼前。至于村女假口技而自售其医的动机，随之而来的职业道德的评价，则已经并不重要。

那些门窗之外洗耳恭听的求医者，仿佛听了一幕生动的广播剧，而村女则是这一广播剧唯一的演员。一切都被过滤掉了，只剩下了声音，声音的作用被发挥到了极致。演员的一切手段都放弃了，只剩下一张嘴，嘴的作用被发挥到了顶点。而蒲松龄完全从求医者的角度去描写，一切的感觉都放弃了，视觉、触觉、嗅觉都没有了，只剩下听觉，求医者完全从听觉去想象、去感受门窗里面"诸神"的热闹和欢笑。演员只有一个，但场面非常热烈："九姑以为宜得参，六姑以为宜得芪，四姑以为宜得术。"作者也完全从听觉去展开描写，写了全部的过程，没有一句话离开听觉。

求神者听到的，主要是诸神的对话。蒲松龄特别善于写生活里的家常话。特别是各种不同年龄段的女性的对话。有·个个说的，有七嘴八舌乱说的，试看蒲松龄如何描写诸位女神围绕小孩的对话：

女曰："六姑至矣。"乱言曰："春梅亦抱小郎子来耶？"一女曰："拗哥子！呜呜不睡，定要从娘子来。身如百斤重，负累煞人！"旋闻女子殷勤声，女姑问讯声，六姑寒暄声，二婢慰劳声，小儿喜笑声，一齐嘈杂。即闻女子笑曰："小郎君亦大好耍，远迢迢抱猫儿来。"

婆婆妈妈，絮絮叨叨，琐碎平常，热烈而亲密，透露着女性亲戚之间的热乎和放松，充满生活气息，就像人间妯娌之间日常的谈话。出现了这么多的人物，九姑、六姑、四姑、三个婢女、小儿，加上村女自己，外加猫儿的声音。这些不同的声音各有自己的特点："小儿哑哑，猫儿唔唔"，"九姑之声清以越，六姑之声缓以苍，四姑之声娇以婉，以及三婢之声，各有态度，听之了了可辨"。除了对话以外，还有帘子声、折纸戢戢然、拔笔掷帽丁丁然、磨墨隆隆然、投笔触机声、撮药包裹苏苏然。各种各样的声音，作者写来，纹丝不乱。

我们不能不佩服村女口技的高明，不能不叹服蒲松龄的描写技巧。

不意《牡丹亭》后，
复有此人

　　《牡丹亭》是汤显祖的平生得意之作。它所歌颂的，是一种"生者可以死，死者可以生"的生死之情，知己之爱。《聊斋志异》中的《连城》一篇，描写了乔生和连城生死不渝的爱情，所以，王士祯在《连城》一篇之后感慨地将其和《牡丹亭》相提并论："不意《牡丹亭》后，复有此人。"这是对《连城》很高的评价。

　　《牡丹亭》里光彩照人的女主角杜丽娘，从现实到梦幻，从梦幻到幽冥，再从幽冥回到现实，反映了她对爱情与自由的不屈追求。《连城》里的乔生和连城同样经历了生生死死的曲折过程，最后这一对有情人终成眷属。

　　《牡丹亭》里，杜丽娘的形象比较突出，而柳梦梅的形象相对比较弱，给人的印象是杜丽娘在追柳梦梅，追得那样地不顾一切。而在《连城》这篇小说里，乔生和连城的形象同样地让人感动。从

聊斋的狐鬼世界

小说的结构来看，蒲氏主要是以乔生的命运来作叙事的线索。先通过两件事，简略地刻画了乔生的为人，一是照顾亡友的妻子，二是邑宰生前器重乔生，后来死于任上，其家属窘迫无法返回家乡，乔生破产相助，扶柩回乡，往返两千里。看来，这位邑宰是一个难得的清官，所谓"三年清知县，十万雪花银"，是未必确切的了。乔生的轻财重义，古道热肠，给我们留下了初步的印象。这里，特意点出："以故士林益重之。"乔生的"为人有肝胆"，名声在外。下面，人物开始进入爱情的考验。

史孝廉将女儿连城的"倦绣图"用来征诗择婿。乔生应征，献诗二首，甚得连城欣赏。连城看中乔生的才情，决心以终身相托。可是，史孝廉嫌贫爱富，不想将女儿许配给乔生。看来，史孝廉的征诗择婿，实在是多此一举。既然不是从才情着眼，又何必征诗？既然征了诗，又不作数，岂非自欺欺人？乔生有名，连城必有耳闻，知道他家境贫困的情况，所以才会"遣媪矫父命，赠金以助灯火"。乔生深为感动，引为知己。故事至此，似乎有点类似于我们熟悉的才子佳人小说。可是，蒲松龄毕竟是大家，他的才气，自负自信，使他不屑蹈人故袭，落入"私订终身后花园，落难秀才中状元，奉旨成婚大团圆"的窠臼，他必定要写出与众不同的悲欢离合。

不久，史孝廉就把女儿嫁给了一个盐商的儿子王化成。孝廉是有身份的人，盐商是有钱而社会地位不高，史孝廉愿意将女儿嫁给一个盐商的儿子，是不顾门第，看上了盐商的钱。所以何垠的点评说："孝廉不当如此。"吴敬梓的《儒林外史》，就对那些忘记自己高贵的门第，去向盐商献媚的世家子弟发出尖刻的嘲笑。故事至此，乔生和连城似乎已是山穷水尽。连城的病危和神秘的西域头陀的出现是故事的一大转折，一是故事开始渗入超现实的因素，二是事情有了转机。

西域头陀能够治连城的病，"但须男子膺肉一钱，捣合药屑"，这当然是蒲松龄的奇思妙想。古人相信，人肉可以治病。"二十四孝"里就有孝子割肉为母亲治病的传说，但这里是割肉为恋人治病。考验来了，盐商的儿子没有经得起这次考验。他笑笑说："痴老翁，欲我剜心头肉也！"很显然，他根本没有把连城放在心上，正是"觑着那，侯门艳质同蒲柳；作践的，公府千金似下流"。史孝廉通过这件事，有所觉悟，救女儿要紧，他声称："有能割肉者妻之。"这一次不势利了。乔生不顾危险，割肉授僧，连城痊愈。史孝廉要兑现他的诺言，王家却又依势不肯放弃。王家要提起诉讼，因为连城在法律上属于他，他的法制观念还很强。王化成前后的态度自然引起了读者的极大反感，但是，在法律上，王站在有利的一方，我们在这里看到法律和伦理的悖论。史孝廉食言，拿出千金，来向乔生表示道歉。乔生气愤地说："仆所以不爱膺肉者，聊以报知己耳，岂货肉哉！"话说得很明白：乔生之爱连城，是一种知己之爱。这一对恋人，与《聊斋志异》中的其他爱情故事还有所不同，作者几乎没有去描写和强调连城的美貌，只说她"工刺绣，知书"，强调的是一种知己之爱。这种知己之爱，并不表现为一种自私的占有，而是为对方考虑，真诚地希望对方幸福。所以，连城托老媪传话给乔生："以彼才华，当不久落。天下何患无佳人？我梦不祥，三年必死，不必与人争此泉下物也。"乔生则表示："士为知己者死，不以色也。诚恐连城未必真知我，但得真知我，不谐何害？"两个恋人同样深爱着对方，都愿意为此而付出最昂贵的代价。这就使这个生生死死的爱情故事具有了更加动人的力量。

此后，两人再经生和死的考验。先是数月后连城死，而乔生前往临吊，"一痛而绝"。经过许多曲折，两人复活。王家又来纠缠，连城被判给王家，"忿不饮食，惟乞速死。室无人，则带悬梁上"。王家无法，只好将连城遣送回家。于是，乔生与连城终于团圆。阴间一段，作者又插入一个宾娘，她死活要跟着乔生，最后终于如愿，也归了乔生。宾娘这个人物，纯属多余，它只是表现了蒲松龄娇妻美妾的思想，所以他常常要赐给他所同情和赞美的男主角坐拥双美的结局。

才、识互补

　　《小二》一篇，涉及明代万历年间的徐鸿儒起义。过去史学界喜欢将历史上反抗政府的起事均视为农民起义，现在开放了，可以实事求是，具体问题具体分析了。蒲松龄对徐鸿儒起义自然是否定的，但蒲松龄的创作意图并非要撰写一篇历史论文。所以我们可以抛开他对徐鸿儒起义的政治评价来分析《小二》。

　　小说主要涉及两个人物，一个是男主角丁生，一个是女主角赵旺的女儿小二。丁生和小二本是同窗，"颇相倾爱"。丁生文采风流，小二又"绝慧美"，是天生的一对。可是，小二"家称小有"，"赵期以女字大家，故弗许"。下面，好像要展开一个才子佳人的故事，可是，作者的意图不在这里。

　　徐鸿儒起义，赵旺参与其中，"小二知书善解，凡纸兵豆马之术，一见辄精。小女子师事徐者六人，惟二称最，因得尽传其术。赵以女故，大得委任"。"女以徐高足，主军务。"小二深得信任，被委以重任，赵家陷得很深。丁生深爱小二，特意深夜拜访，提醒小二：
"我非妄意攀龙，所以故，实为卿耳。左道无济，止取灭亡，卿慧人，
不念此乎？能从我亡，则寸心诚不负矣。"劝她急流勇退，以免牵连
被祸。小二听了丁生的话，如梦方醒。又去劝说父亲，陈述利害，
但赵旺迷惑不悟。于是，小二和丁生双双出走。一路上，小二施展
法术，一会儿变出两只大鸟，一会儿变两头驴，跨鸢乘驴，很快就
远离徐鸿儒起事之地。

两人流落外乡，丁生忧愁日用，而小二略施法术，便将隔壁强
盗家的千金转为己有：

（小二）启笼验视，则布囊中有巨金垒垒充溢。丁不胜愕喜。
后翁家媪抱儿来戏，窃言："主人初归，篝灯夜坐。地忽暴裂，深不
可底。一判官自内出，言，我地府司隶也。太山帝君会诸冥曹，造
暴客恶录，须银灯千架，架计重十两；施百架，则消灭罪愆。"

作者让小二取了强盗的不义之财，使小二和丁生白获千金而问心无
愧。其实，讹诈强盗而分其赃金，就是今日所谓黑吃黑。小二和丁
生有了第一桶金以后，从此"渐购牛马，蓄厮婢，自营宅第"。

发财致富以后，需要官府的保护，可是，蒲氏依靠小二的法术
解决了这个难题。强盗来了，劫财劫色，"女袒而起，戟指而呵曰：

止，止！盗十三人，皆吐舌呆立，痴若木偶。女始着裤下榻；呼集家人，一一反接其臂，逼令供吐明悉"。

不久，徐鸿儒起义失败，小二父母俱被诛杀。小二让丁生携带重金，赎出侄子。全家迁往益都。小二善于经营，赏罚分明，兼有法术，终于大富而村民感激。小二、丁生经营的小村，富足安康，实在是蒲松龄幻想中的乌托邦。

文末的"异史氏曰"点破作品的主题："二所为，殆天授，非人力也。然非一言之悟，骈死已久。由是观之，世抱非常之才，而误入匪僻以死者，当亦不少。焉知同学六人中，遂无其人乎？使人恨不遇丁生耳。"由此可见，才华之士，不遇有识之士，是大不幸也。一人一生之中，关键的地方，可能只是一步而已。一次选择，决定了一生的兴衰荣辱。

识英雄于未遇之时

凡人功成名就之时，无人不说他是人才，这并不难。难的是识英雄于草莽之中，辨豪英在潦倒之时。《青梅》中的女主人公青梅，便是这样的人物。

《青梅》一篇，虽为短篇小说，但就其结构和内容而言，实具一个中篇乃至长篇的规模。小说讲了青梅两代人的命运，青梅的狐母与父亲程生是第一代，青梅是第二代。青梅母亲和程生的遇合，是《聊斋志异》中典型的艳情故事。天上掉下个林妹妹，"丽绝"，丽人自言是狐，程生不忌，两情相悦，"遂与狎"。麻烦出在后嗣的问题上，狐女给程生生下一女，字青梅，并保证要为程生生一个儿子。但程生经受不了亲戚朋友的讥笑，又聘湖东王氏。狐妻愤怒，拂袖而去，留下女儿青梅。不久，程病卒，王氏改嫁，青梅寄食于堂叔之家。第一代的结局是不欢而散，狐母一去不返，父亲早卒，青梅成为寄人篱下的孤儿。第一代命运的叙述极为简单，显然不是小说的重点，不过读者从中知道了青梅不幸的身世。

狐母和程生没有给女儿留下遗产，但青梅继承了狐母的美丽和机敏："青梅长而慧，貌韶秀，酷肖其母"。堂叔贪婪，青梅被鬻，成为王进士家女儿阿喜的奴婢。所幸主奴相得，青梅以其聪明美丽、善解人意而深得王家的喜爱。下面，作者开始详细地叙述青梅、阿喜、张生三人之间的悲欢离合。张生贫困，税居王家，张生虽穷，但笃学纯孝，为人正直。青梅注重的是品行，特别是张生对父母的孝顺。张的为人，其细微之处，全由青梅的观察写出：

青梅偶至其家，见生据石啖糠粥；入室与生母语，见案上具豚蹄焉。时翁卧病，生入，抱父而私。便液污衣，翁觉之而自恨；生掩其迹，急出自濯，恐翁知。梅以此大异之。

青梅极力地向阿喜推荐张生："吾家客，非常人也。娘子不欲得良匹则已；欲得良匹，张生其人也。"而阿喜则"恐终贫为天下笑"，这是借青梅和阿喜的对比写青梅不俗的眼光，并为后来青梅与张生的结合预留地步。

青梅的极力撮合，使矛盾趋于紧张。本来，小姐的婚事，青梅作为一个奴婢，并没有提供建议的权利，撺掇小姐尚可，在王进士面前进言就不合适了。但青梅平时深得主人喜欢，所以说两句也并非不行。作者借此择婿一事，让人物一一地参与其中，展示他们各自的灵魂。王进士夫妇，觉得此事可笑之极。耐人寻味的是阿喜的态度，母亲问她的态度时，阿喜"俯首久之，顾壁而答曰"，"贫富命也。倘命之厚，则贫无几时；而不贫者无穷期矣。或命之薄，彼锦绣王孙，其无立锥者岂少哉？是在父母"。看来，阿喜在父母面前回答这样的问题，还是表现得有点羞怯，也不敢过于坚持，但她的意思还是很明确，说明她并不势利，她愿意嫁给穷困而有才有德的张生。王进士听到女儿的表态，出乎他的意料之外，大为愤怒，痛斥阿喜是贱骨头，"欲携筐作乞人妇"，阿喜"涨红气结，含涕引去"。而青梅见事不谐，准备自己来追求张生。于是，事情发生了喜剧性的变化，青梅从撮合者一变而为当事人，从红娘一变而为恋爱中的主角。

青梅自荐于张生，谁知张生虽然也喜欢青梅，所以说"得人如卿，又何求？"但他顾虑甚多，一是青梅自己不能做主，二是担心自己父母不同意，三是怕娶不起青梅。张生并非《聊斋志异》中常见的艳情故事中的狂生和登徒子，他不是来者不拒，而是拒绝这种没有家长做主、自献自荐的婚姻。张生虽然有点保守，但却是一个有责任心的男子。瓜田李下，人言可畏。张生的拒绝使故事多了许多曲折，先是阿喜的复杂态度，她一面指责青梅的"淫奔"，一面肯定了张生的为人，"不苟合，礼也；必告父母，孝也；不轻然诺，信也：有此三德，天必佑之，其无患贫也已"。蒲松龄的描写，非常有分寸，这种分寸感来自蒲松龄对人物思想性格的准确把握，以及他那种驾驭语言的非凡能力。作者在这里没有赋予青梅以神性，青梅没有靠什么神通解决资财的问题。这样，青梅的形象便更加接近一个现实的下层女子。

"王授曲沃宰"，给了青梅出嫁的机会。另一方面，也为下一步将青梅与王家两条线索分开创造了条件。在阿喜的资助下，青梅如愿嫁给了张生。值得注意的是，青梅之嫁张生，其中没有一点点超现实的因素。青梅虽然是狐女，但她的处事，和人间的女孩没有丝毫的不同。青梅进了张家，成为一个典型的贤妻良母。故事到这里本来可以结束了，可是，蒲松龄总是喜欢出奇制胜，于是，故事又继续地向前发展。这次，是王家这条线开始延伸。王进士的夫人去世两年后，王进士先是以贿免官，不久病卒。王家衰落，阿喜成为孤女。读者可以猜测，青梅和阿喜这两条线索有了合并的可能。但是，蒲松龄不喜欢一步到位，阿喜的命运依然是极尽曲折。为了安葬双亲，阿喜委曲求全地嫁给李郎做妾，谁知李妻悍妒，被赶了出来。接着又寄身尼庵，屡遭无赖骚扰。又有贵公子看中了阿喜，阿喜几次想一死了之。最后是青梅出现，救了阿喜。青梅的出现，也是从老尼的眼睛去看，以取得一种意外的惊喜：

　　　　　　　　　　　聊斋的狐鬼世界

方晡，暴雨倾盆，忽闻数人挝户，大哗。女意尖作，惊怯不知所为。尼冒雨启关，见有肩舆亭驻；女奴数辈，捧一丽人出；仆从煊赫，冠盖甚都。惊问之，云："是司李内眷，暂避风雨。"导入殿中，移榻肃坐。家人妇群奔禅房，各寻休憩。入室见女，艳之，走告夫人。无何，雨息，夫人起，请窥禅舍。尼引入，睹女，骇绝，凝眸不瞬；女亦顾盼良久。夫人非他，盖青梅也。

两人的不期而遇，写得情景如画。青梅捧阿喜为夫人，自己退居婢妾的位置，张生则娇妻美妾，坐拥双美，这也是蒲松龄婚姻故事里非常常见的套路。青梅的"让贤"，包含着两层意思，一是尊重阿喜的身份，阿喜和青梅本是主奴的关系，虽然王家沦替，但主奴的名分依然得到尊重。二是阿喜有恩于青梅，青梅将正妻的位置作为礼物送给了阿喜。这种团圆的结局自然很勉强，但蒲松龄生活在封建社会，他的思想没有超越儒家思想的藩篱，我们无法苛求他。可以看得出，蒲松龄对于名分还是很重视的。阿喜虽然落难，但仍然必须安排在青梅之上。

不吐不快的悲愤

顺治五年（1648），山东栖霞爆发了以于七为首的抗清起义。攻宁海，杀知州，波及八县，山东震动。于七曾接受招安，任为栖霞把总。顺治十八年（1661），率旧部复反，旋为清军镇压，于七突围而出，不知所终。如《公孙九娘》开篇所说："于七一案，连坐被诛者，栖霞、莱阳两县最多。一日俘数百人，尽戮于演武场中。碧血满地，白骨撑天。上官慈悲，捐给棺木，济城工肆，材木一空。""碧血满地，白骨撑天"八个字，并非夸张，而是实录。"上官慈悲，捐给棺木"，虚晃一笔，自然是烟幕弹；"济城工肆，材木一空"，是实写，写出死亡人数之多。蒲松龄生于明末，亲身经历了那个战乱动荡的时代。青少年时期耳闻目睹的恐怖和残酷，必定给他留下了终生难忘的记忆。

《聊斋志异·野狗》也写到了于七之乱被镇压的惨象："于七之乱，杀人如麻。……急无所匿，僵卧于死人之丛。"《张诚》一篇，写到"豫人张氏者，其先齐人，明末齐大乱，妻为北兵掠去"，这所谓"北兵"，也就是清兵。文中又借张讷之口说："明季清兵入境，掠前母去。"直揭清兵暴行。

蒲松龄生于民族矛盾极为尖锐的明清之际，将如此敏感的政治题材写到小说里去，说明他必有不吐不快的悲愤。当然，蒲松龄没有那么迂腐，小说的中心内容不是写于七起义，而是以于七起义被残酷镇压的血腥现实来做故事的背景，这一背景给莱阳生与公孙九娘的人鬼之恋蒙上了凄苦悲凉的色彩。

莱阳生忙于葬埋、祭奠亲友，入城营干。此时，恰有一个少年来拜访他，相见之后，莱阳生大吃一惊，来访者竟是死难的同邑朱生。朱生是鬼，所以他出场的情景是"暮色朦胧，不甚可辨"。朱生求莱阳生作伐，要娶莱阳生已经亡故的外甥女。女孩是因父亲被害，"惊恸而绝"。一个男鬼，求活人做媒，去娶一个女鬼。一人二鬼的每一句话，都使人想起那场恐怖的大屠杀。

接着，莱阳生应朱生所托，一起去外甥家。舅甥寒暄，写出乱离中亲戚见面光景。蒲松龄非常善于写这种家庭间、邻里间、亲戚间的对话。家长里短，有口吻，有神情，读者能够从中体会出对话者的身份和心理，世态人情都在里面。不是口语，胜似口语，是口语化的文言，提炼了的口语。甥女的悲惨经历，其实是代表着千百个无辜者的凄苦和辛酸：

儿少受舅妗抚育，尚无寸报，不图先葬沟渎，殊为恨恨。旧年，伯伯家大哥迁父去，置儿不一念；数百里外，伶仃如秋燕。舅不以沉魂可弃，又蒙赐金帛，儿已得之矣。

小说读到这里，似乎要写甥女和朱生的爱情婚姻，但笔头一转，真正的主角公孙九娘出场了，前面的描写都成为铺垫。这种写法在《聊斋志异》中是比较少的，说明蒲松龄在力求变化，他在自觉地不断地超越自己。公孙九娘的出场，先是一闪而过，"一十七八女郎，从一青衣，遽掩入；瞥见生，转身欲遁"。没有去写公孙九娘长得什么样，而是从莱阳生的眼睛，去写九娘见到陌生男子时的迅速的反应，写她的羞怯，突出她的闺秀气质。甥女将九娘挽留住，并且介绍九娘和阿舅认识：

九娘，栖霞公孙氏。阿爹故家子，今亦穷波斯，落落不称意。旦晚与儿还往。

"生睨之，笑弯秋月，羞晕朝霞，实天人也。"甥女告诉阿舅，九娘是鬼，如不嫌弃，即可成婚，她竭力地撮合阿舅与九娘的婚姻。"九娘笑奔出"，莱阳生担心人鬼难匹，甥女说没关系，你们两个有缘分。显然，莱阳生和九娘的故事有一见钟情的成分，可是，这种爱情不同于花前月下的浪漫故事，更不是两情相悦的一夜情，否则的话，前面的大段铺垫就没有意义了。

甥女善于察言观色，看出阿舅与九娘是女有心而郎有意，又有成人之美的热心，于是，马上提出她的计划。《聊斋志异》里的爱情故事，发展的速度都非常惊人。才一见面，还没有正式地征求女方的意见，便将婚事大致敲定。确定五天以后就要成亲，比奥斯卡得奖影片《魂断蓝桥》还要快。甥女似乎比当事人还要着急，一切都在紧锣密鼓地进行。

新婚的描写，极为简略，只有八个字："邂逅含情，极尽欢昵。"写新婚的欢中之悲却是比较详细：

初，九娘母子，原解赴都。至郡，母不堪困苦死，九娘亦自到。枕上追述往事，哽咽不成眠。乃口占两绝曰："昔日罗裳化作尘，空将业果恨前身。十年露冷枫林月，此夜初逢画阁春。""白杨风雨绕孤坟，谁想阳台更作云？忽启缕金箱里看，血腥犹染旧罗裙。"

洞房花烛，枕上吟起诗来，确实非常浪漫。但是，九娘不是在做欢乐颂，而是在追忆昔日的悲惨。新婚宴尔的欢乐，未能冲淡淋漓的鲜血，缠绵着的恋人，未能忘却痛苦的往事。九娘来去匆匆，两人的婚姻如此短暂，九娘不久即提出分手的意思，原因是"人鬼路殊"。

这显然不是真正的理由。《聊斋志异》中有很多人鬼之恋，结局都没有这么凄凉。原因在于，作者无心写一个浪漫的爱情故事，他的真正目的，是要写出那一场血腥的大屠杀在人间所投下的巨大阴影和难以愈合的创伤。

人不如虫

　　蒲松龄对社会的黑暗、吏治的腐败，感同身受。生当太平盛世，可是，享受繁荣之果的并非民众，并非蒲松龄这样的平民知识分子。"仕途黑暗，公道不彰，非袖金输璧，不能自达于圣明。真令人愤气填胸，欲望望然哭向南山而去！"(《与韩刺史樾依书，寄定州》)，"釜有游鱼而颂声载道"(《代毕韦仲与韩滦州樾依书》)，蒲松龄的心里充满了愤懑抑郁之情。《促织》就是《聊斋志异》中揭示社会黑暗的名篇。

　　这篇小说以促织命名，促织是全篇的线索，故事随着促织的求而不得、得而忽失、失而复得向前发展，人物的喜怒哀乐，成名的命运也随之沉浮起落。

　　促织，亦名蟋蟀。据五代王仁裕所撰《开元天宝遗事》说，每到秋天的时候，"宫中妃妾辈，皆以小金笼捉蟋蟀，闭于笼中，置之枕函畔，夜听其声。庶民之家皆效之也"。看来，宫里的妃妾在"那不得见人的地方"，确实寂寞，到夜晚，百无聊赖，听听促织声也是好的。三吴之地，有促织之戏。我想，这些妃妾大概是江南来的吧。听听虫鸣，聊解思乡之苦罢了。斗促织是一种游戏，更是一种赌博。《千顷堂书目》卷九录有贾似道《促织经》一卷。贾似道是南宋有名的奸相，祸国殃民，罄竹难书。《促织经》署他的名字，也可能是他的门客所撰，但贾似道确实好促织之戏。他从小落魄，游荡市井，借贵妃姐姐的大树，青云直上，窃居高位。斗促织，应该是他微贱时就养成的嗜好。《明史·贾似道传》里有这样的记载："（贾似道）与群妾踞地斗蟋蟀，所狎客入，戏之曰：此军国重事邪！"斗促织是一门学问，有很多的讲究，《促织经》便是这门学问的总结。书中谈到如何区分促织优劣："生于草土者，其身软；生于砖石者，其身刚；生于浅草瘠土者，性和；生于砖石深坑、向阳之地者，其性劣。其色，白不如黑，黑不如赤，赤不如黄，黄不如青。其病有四：一仰头，二卷须，三练牙，四踢腿。若犯其一，皆不可用。"看来，其中的讲究还真不少。时至明朝，宫里也有促织之戏。《明朝小史》卷六《宣德纪·骏马易虫》提到这样一个悲惨的故事："帝酷好促织之戏，遣取之江南，其价腾贵，至数十金。时枫桥一粮长，以郡督遣，觅得其最良者，用所乘骏马易之。妻妾以为骏马易虫，必异，窃视之，乃跃去。妻惧，自经死。夫归，伤其妻，亦经焉。"皇帝的小小游戏，造成下民的家破人亡。蒲松龄在类似的传说传闻的基础上，创作出一波三折的短篇小说《促织》。

作品首先简要地交代了征缴促织的背景，揭示出从上至下的腐败：只为"宫中尚促织"，于是"岁征民间"，"每责一头，辄倾数家之产"。这里有献媚上司的华阴令，有狡黠的里胥，有"居为奇货"，"昂其值"的"市中游侠儿"，他们构成了一个围绕促织的利益链，受害的是贫苦无告的百姓。乱自上作，根子在宫中，泛滥则在贪官墨吏。作者接着让主人公成名出场，介绍他木讷善良、不善应酬的性格以及他承应苦差，将家产赔尽的经历。像成名那样的老实人，科敛百姓，则于心不忍；自己贴补，则无所赔偿。里正一役，竟"百计营谋不能脱"。官司追比，成名受刑，无法去寻找促织。成名一筹莫展，山穷水尽，辗转床头，唯欠一死！这是故事的第一个低谷。作品极写成名的老实善良，窝囊倒霉，走投无路。这是为下一步的意外之喜蓄势。果不其然，皇天不负有心人，在一个驼背巫的启示下，成名得到了一头俊健的促织。巫婆的生意还挺好，"红女白婆，填塞门户"。客户一个个恭恭敬敬地站着，听候发落。巫婆的巫术很灵，"即道人意中事，无毫发爽"。巫婆做法的过程写得很神秘，"密室垂帘"，不让人看，"望空代祝，唇吻翕辟，不知何词"，正与神交流呢。一顿饭的工夫，"片纸抛落"。巫婆，属于三姑六婆之一，在明清小说里，往往是被嘲笑挖苦的对象，但《促织》里的这位驼背巫，并不令人讨厌。巫婆能够知道促织在哪里，自然是迷信，但蒲氏从迷信中提炼出艺术的想象力，使其发酵，酿造出艺术的花朵，渲染出百姓一家之命运悬于一虫的艺术效果。巫婆没有直接地说明促织在哪里，只是给了一张画。这是在极尽曲折，加大故事的张力。成名的妻子不明所以，是成名琢磨出来，画上的地方，好像是村东的大佛阁。成名按图索骥，终于得到一头俊健的促织。寻找的过程写得很细，极写成名的认真小心，以突出促织的来之不易。于是，"举家庆贺"，皆大欢喜，这是故事的第一次高潮。由图索虫，绝处逢生，真可谓柳暗花明又一村。不料乐极生悲，这样一头来之不易、关系着身家性命的促织，却被好奇的儿子失手弄死。妻子"面色灰死"，成名"如被冰雪"。儿子惧祸，投井自尽，夫妻伤心绝望，陷入绝境。成名由喜极到怒极，由怒极到绝望心死。促织已死，大不了是交不了差，儿子投井，却让夫妻"抢呼欲绝"，痛不欲生。家破人亡，成名化怒为悲，情节从高潮一下子跌入第二次低谷。忽然"门外虫鸣"，事情似乎有了转机。可惜这头促织长得很是短小，谁知人不可貌相，虫子也是不可貌相！成名是个老实人，这小虫也非常低调。作者不愿一下子走向喜剧的结尾，又插入力挫群虫的曲折。小虫和少年好事者战无不胜的"蟹壳青"斗，开始是"伏不动，蠢若木鸡"，少年大笑，用猪鬃逗它，"仍不动"，最后竟"暴怒，直奔，遂相腾击"，"直龁敌领"。小虫已经自豪地"翘然矜鸣"，却不料又有一鸡突然出现，转眼之间，"虫已在爪下矣"，成名为之失色。可是，小虫竟叮住了

聊斋的狐鬼世界

鸡冠，"力叮不释"。小虫初出茅庐，居然有这么多的曲折，我们不能不佩服蒲松龄腾挪变化的艺术功力。小虫与"蟹壳青"的战斗是蒲氏的神来之笔，成名的愧怍和担忧，少年的轻蔑和漫不经心，均生动如画。成名的心情随着小虫的表现而高低起伏，读者也随着这场战斗的进行而屏息凝神。在这一个小小的插曲里，作者也极尽波澜起伏之能事。小虫献上去以后，居然所向披靡，战无不胜。"上大嘉悦，诏赐抚臣名马衣缎。抚军不忘所自，无何，宰以卓异闻。"这显然是在讽刺整个国家机器的腐败。就因为满足了皇帝声色犬马的一点儿需要，下面的官就可以得到皇帝的奖赏。

全文紧紧抓住人与虫的对比来展开故事。"每责一头，便倾数家之产。"捉到一只，就欣喜若狂举家庆贺。一旦弄死，就"面色灰死""如被冰雪"。儿子已死，他的灵魂还要为应付官府的差事而服务，他要变成一头促织去应差，或是想弥补自己的无心之过给全家带来的严重损失。这就有力地揭示出官差给百姓小民精神上所造成的巨大压力，写出人不如虫的悲剧。作者对人物心理的把握极为准确细腻，听说儿子扑死了促织，成名愤怒以极，"怒索儿"。儿子投井，成名"化怒为悲，抢呼欲绝"，这时候，失去亲子的悲痛压倒了交差的忧虑和对儿子的怨怒。儿子复苏，成名"心稍慰"。门外有虫鸣，则喜而收之，又怕这头促织太小，不合格。这篇小说的剪裁极为得体，三次捕捉促织，第一次写得极简略；第二次写得很详细，极写促织得之不易，为后面的乐极生悲蓄势；第三次，促织是儿子灵魂变的，写得虚虚实实，恍惚迷离。这头促织力挫群虫，所向披靡，于是，成名因为进献促织而荣华富贵。蒲松龄对弱势群体的无限同情，溢于字里行间。

地位未变而思想已变

古代小说写梦的很多，志怪和传奇中写梦的尤其多。古人没有现代的科学知识，他们无法解释梦的成因和机制，在他们的心目中，做梦是一种神秘的现象。梦中的事物常常是超现实的，但又和现实保持着某种联系。对小说家、戏曲家来说，梦中多幻觉，多想象，外界的约束减弱，可以容纳更多传奇性的情节和人物，给创作以驰骋想象的广阔天地。梦中的景象固然是虚幻的，但通过梦幻反映出来的愿望或意识却不是虚幻的。在心理的反映上，梦幻所反映的东西，可能比拟实的描写更为丰满，尤其是它能够反映人的潜意识。古人早就有了人生如梦的思想，可是，直到唐人李公佐的《南柯太守传》、沈既济的《枕中记》，才把这种思想化成两个生动的故事。"南柯一梦""黄粱美梦"也成为人们耳熟能详的成语。《南柯太守传》和《枕中记》，给人的印象主要是人生如梦、高官厚禄、娇妻美妾、万贯家财、子孙满堂，到头来，瞬息荣华，梦幻泡影，不过是春梦一场。一句话，世俗的目标，都是不值得追求，不值得留恋的。蒲松龄的《续黄粱》，题目就告诉我们，作品继承了《枕中记》的主题。但是，蒲松龄在旧瓶中装进了新酒，他的重点不在渲染人生如梦的哲理，而是将重点转移到了暴露的方面。《续黄粱》显然是在借他人之酒杯，浇胸中之块垒，借着曾孝廉的一枕美梦，一吐自己对官场的厌恶和憎恨。

《枕中记》的主角是没有功名的卢生，《续黄粱》的主角是一个"高捷南宫"的孝廉。卢生的抱负很大，他对道士声称："士之生世，当建功树名，出将入相，列鼎而食，选声而听，使族益昌而家益肥。"而曾孝廉之所望，是蟒玉之分。从故事的开头来看，《续黄粱》没有主人蒸黍的情节，作者没有强调瞬息荣华的意思，而是先设计了一个曾孝廉禅院问卜的小引，预作铺垫。这种情节是非常现成的，士人和官吏喜欢问卜以询问功名前途，信与不信，并不重要，重要的是满足一下预测仕途的好奇心。奋战场屋的人群中间，失败者是大多数，侥幸的只是少数，这是必然的，谁是侥幸者，那是非常偶然的。偶然性不好把握，所以那里就是星巫卜筮的广阔天地。《太平广记》中留下了许多士人问卜的故事，《定命录》《续定命录》更是这方面的专书。蒲氏抓住曾孝廉新锐得意、踌躇满志、"心气殊高"的心态，对他进行或明或暗的描写。"高捷""新贵"这些词汇，语含讥刺，都不是好话，禅院的星者"见其意气，稍佞谀之"。星者最善

　　　　　　　　　　　聊斋的狐鬼世界

察言观色，曾孝廉的神情气色，自然是全被他看在眼里，他知道这位新贵的期望值不低，所以侫谀他有"二十年太平宰相"之分，这当然也是作者在为曾孝廉未来的美梦预作舆论。曾孝廉乘着众人捧场，半开玩笑地说："某为宰相时，推张年丈为南抚，家中表为参、游，我家老苍头亦得小千把，于愿足矣。"地位未到宰相，而思想已经是宰相的思想。不是居庙堂之高，则忧其民，处江湖之远，则忧其君，而是想着如何一人得道、鸡犬升天。这是写曾孝廉的庸俗。

接着写曾孝廉的进入梦乡。蒲松龄落笔很细，写曾孝廉一行因小雨而入僧舍，待到入梦时，"雨益倾注"。雨大留客，大雨催眠，故事十分自然地过渡到了梦乡。这场大梦大致可以分成三大段：一是飞黄腾达，享尽富贵；二是包拯弹劾，曾黯然下台，失去一切；三是地狱受罚。

第一大段，写曾的发迹。曾孝廉的起点很高，他在梦里一出场，就已经是位极人臣的太师。天子接见，"温语良久，命三品以下，听其黜陟"。"蟒玉名马"，"绘栋雕榱，穷极壮丽"，美女声乐。往日周济我者，立为擢用；昔日睚眦我者，使其削职而去。醉人误触卤簿，立毙杖下。当年所羡之东家美女，立置身旁。由此可见，曾孝廉的人生追求，无非是地位权势、声色犬马，时时处处为一己私利，未尝一丝一毫为民而想。

第二大段，写曾的下台。包拯的弹劾，对曾孝廉的劣迹，痛加揭露，加上科道的交章劾奏，形势遂急转直下。"奉旨籍家，充军云南。"包拯的奏折，用词极为严厉，内容非常详细，全用骈文写成。从文字来看，当然不是包拯的风格，而是蒲松龄的风格。蒲松龄擅长骈文，兼有诗的华丽和散文的流畅。作者详细地描写了抄家充军的狼狈和难堪，有意造成前后的强烈对比：

　　旋有武士数十人，带剑操戈，直抵内寝，褫其衣冠，与妻并系。俄见数夫运赀于庭，金银钱钞以数百万，珠翠瑙玉数百斛，幄幕帘榻之属，又数千车，以至儿褓女鞋，遗坠庭阶。曾一一视之，酸心刺目。又俄而一人掠美妾出，披发娇啼，玉容无主。悲愤烧心，含愤不敢言。俄楼阁仓库，并已封志。立叱曾出。监者牵罗曳而出。夫妻吞声就道，求一下驷劣车，少作代步，亦不得。

第三大段，写曾在地狱受罚。冤民的辱骂，王者的痛斥，抛置油锅，随波上下，刀山之上，刃交于胸，铁汁灌口，投胎为女，长而为妾，正室悍妒，百般虐待，夫君被杀，妾而蒙冤，依法凌迟。

　　尾声是曾孝廉梦中惊醒。梦的结果是"台阁之想，由此淡焉"。结尾的"异史氏曰"讽刺道："闻作宰相而忻然于中者，必非喜其鞠躬尽瘁可知矣。是时方寸中，宫室妻妾，无所不有。"这几句话分量很重，感慨很深，骂尽天下"方寸中"，唯有"宫室妻妾"的高官。

最阳光的两个女鬼

　　婴宁那千姿百态的笑，给我们留下了深刻的印象。而《小谢》中的秋容与小谢的爱捣乱、爱闹腾，那种女孩的青春活力，也使人掩卷难忘。蒲松龄总是在同中觅异，塑造出一个又一个同样可爱而又面目各异的女孩。秋容和小谢是《聊斋志异》中最阳光的女鬼。

　　故事发生在一所荒宅，一所凶宅，这里"多鬼魅，常惑人"，留下来看门的苍头也死了好几个，这似乎是蒲松龄喜欢选择的小说环境。主人公陶望三，性格倜傥，好狎妓，似乎也是《聊斋志异》艳情故事中的常套。可是，他好妓而不及乱，不追求肌肤之亲，不是那种一见美人就要把她搂在怀里的人。他与两个女鬼熟悉以后，先后把秋容、小谢抱在怀里，手把手地教她们书法，真正做到了坐怀不乱。这是男主角的与众不同之处，故事也因此有别于其他的艳情故事。当然，陶生亦非木石，秋容把脚放在他肚子上，他也"心摇摇若不自持"，但他很快就控制住了自己，"肃然端念，卒不顾"。蒲松龄不屑蹈袭他人，也不愿重复自己。所以，他笔下的故事和人物总是能够给人新鲜的感觉。

陶生最后是坐拥双美，兼得秋容和小谢，这似乎又是《聊斋志异》中常有的结局。可是，陶生和秋容、小谢的故事并不是从一见钟情开始，故事的开始，竟是从两个女鬼的捣乱闹腾揭开序幕。不但没有一见钟情，而且陶生开始的时候，还有些讨厌这两个女鬼的捣乱。一会儿把他的书藏起来了，一会儿又送了回来。陶生刚要睡着，她们便以细物穿鼻，使他"奇痒大嚏"。陶生看书，秋容就趴在书案上，看着他。小谢就在陶生身后，双手蒙住陶的双眼。秋容是打头阵的，小谢胆小，先是站在旁边笑，后来，胆子愈壮，也加入了捣乱的行列。

秋容和小谢只是爱闹，却并无恶意。后来，便替陶生做饭，"争为奔走"，抢着为他服务，陶生的态度也从讨厌变成喜欢。陶生设鬼帐，教两个女鬼读书写字。小谢聪明，有悟性，有灵气，学得快，学得好。秋容没有小谢聪明，学得慢，又好胜，所以对小谢产生嫉妒之心。陶生则极力地周旋其中，协调两人的关系，消解矛盾，力求和谐。作者很小心很细心地将两个年龄相近、性格相似的女鬼在细微的地方区分开来。写的都是琐事，但非常具有人情味，两个女鬼的形象也愈趋鲜明。秋容虽然好胜易妒，但也好哄。小谢虽然聪明，也没有什么坏心眼。三人相安无事，亦师亦友。秋容和小谢读书写字，却没有变成学究，依然不失其活泼天真。作者用了大量的文字来描写秋容、小谢与陶生关系的发展过程。三人世界，又插进一个小谢的弟弟三郎，这个三郎劝陶生不要去赴试，"不然，恐履不吉"。这是为未来的情节造舆论，造气氛，同时兼写鬼的未卜先知。

接着，考验来临了，气氛由轻松一变而为严峻抑郁。小说抛开缓慢的节奏，加大了叙事的速度。三郎不幸而言中，陶生讥切时事，获罪贵介，被诬入狱。看到这里，读者会猜测秋容、小谢和三郎是否会救出陶生。可是，蒲松龄设计了令人意想不到的情节。一方面，依然充满了超现实的因素；另一方面，却融入了社会生活的丰富内容。秋容自己先遭难，被城隍祠的黑判拉去，"逼为御媵，秋容不屈，今亦幽囚"。小谢百里奔波，棘刺足心，难以相助。三郎去部院为陶生申冤，又因素无瓜葛而引起部院的疑心。但三郎呈词悲恻，"部院悟其冤，释之"。看来，三郎还挺有文才。陶生获释以后，与秋容、小谢相聚，悲喜交加，患难之际，二女嫉妒之心完全消解。从这段情节来看，蒲松龄没有赋予二鬼太多的神性，将二女定位为人间的弱女子，使这一冤案更加接近社会的真实。通过这一番曲折遭遇，陶生和二女的关系发展成患难与共、生死相托的关系。

最后，一个好心的道士成为三人的救世主。秋容借郝家少女出殡，借尸还魂，与陶生结为伉俪。小谢未能转世为人，伤心万分。陶生哀求道士，道士为其感动，同意帮助，小谢终于也转世为人。

但小谢是如何复活的，作者故意含糊其辞。最后，才揭开谜底，原来小谢是陶生的同年蔡子经夭折的妹妹。作者总是极尽曲折，二女的复活又设计出不同的情节。

短篇而有长篇之容量

　　《江城》一篇，虽为短篇，却有长篇的容量。我们只要将它和《醒世姻缘传》做一对比，就可以明白其中的道理。

　　《江城》的故事梗概如下：江城"艳美绝俗"，与高蕃隘巷邂逅，两人一见钟情。高蕃娶樊翁之女江城，夫妻相得。江城善怒好骂，高蕃忍气吞声，委曲求全。江城甚至将高蕃驱逐户外，"抱膝宿檐下"。江城虐待丈夫，视如仇敌，高蕃父母愤怒，逼令大归。高蕃旧情不断，偷宿岳丈家。江城回到夫家，与父母分居。一月以后，江城旧病复发，虐待丈夫变本加厉，竟当着公公的面，鞭挞丈夫，高蕃独居避难。高蕃父母唤亲家来，告以情状。亲家苦口婆心，劝说女儿，江城充耳不闻，反以恶语相对，樊家老两口被女儿活活气死。高蕃寂寞，偷偷纳妓在家。江城得知消息，买通老媪，假装妓女，潜身而入，高蕃不知，被江城抓回，百般折磨。江城有二姊，悍妒如江城。高蕃在二姊家，失言而开罪于二姊，为其杖击。江城闻知，上门为丈夫复仇，痛打二姊。我的男人，用她来管！同窗来访，语涉狎亵，江城气愤，竟在汤中下毒，同窗大吐几死。一次，同人聚会，高蕃与一南昌名妓芳兰相悦。谁知江城化装来监视丈夫，一切均在掌握之中。高蕃回家，伏受鞭扑，不许出门，形同禁锢。高蕃与婢女偶语，被江城酷刑施罚，高母见子惨状，痛苦欲死。梦中一叟告诉说，这是前世作孽。高蕃前世误杀一长生鼠，江城即鼠投胎，所以高蕃得此恶报。如能日诵观音咒百遍，必能见效。后来，有老僧点化，江城脱胎换骨，改恶从善，前后判若两人，悔恨当初劣迹，痛哭流涕，一变而为贤妻良母。高蕃应举入都，江城竟化数百金替芳兰赎身脱籍，讨在家中以取悦丈夫。

《醒世姻缘传》的作者，根据他那根深蒂固的因果报应观念，把整个故事安装在一个冤冤相报的框架之中。全书一百回，前二十二回写前世姻缘，后七十八回写今世姻缘。前二十二回，写山东武城县的地主家少爷晁源，酒色财气，但求享乐。一次打猎，他射死一只仙狐，种下祸根。后来娶了妓女珍哥，宠爱无比。他虐待妻子计氏，又诬称其与和尚私通，致使计氏自缢身亡。晁源因勾搭唐氏被皮匠所杀。后七十八回，写晁源死后，托生为绣江县明水镇的狄希陈。狄希陈自小娇生惯养，顽劣淘气，长大成人以后又不务正业。妻子薛素姐是仙狐转世，其悍无比，百般地虐待狄希陈，以报前世之仇。后来狄希陈又娶妾童寄姐，童氏却是计氏转世，凶悍不次于薛，狄希陈备受煎熬。珍哥托生为寄姐的婢女珍珠，受尽寄姐的虐待，最后不堪凌辱，竟自杀身亡，以完孽债。最后，高僧点明因果，狄希陈虔诚诵佛，孽冤尽消。

我们先来看一下，两部小说的不同之处。《江城》是文言短篇小说，《醒世姻缘传》是长篇白话小说。前者的作者是蒲松龄，后者的作者至今没有定论。有人认为就是《聊斋志异》的作者蒲松龄，这种意见没有得到大部分学者的承认。《江城》写公子前世杀长生鼠而得到报复，所以他转世成高蕃，而长生鼠转世为悍妻江城，对高蕃百般虐待，以报前世之仇。《醒世姻缘传》里，变成两世姻缘，其中的恩怨情仇要复杂得多。《江城》中的前世孽根比较简单，作者一句话就带了过去；而《醒世姻缘传》却用了二十二回的篇幅来写前世姻缘，这一孽因具有独立的意义。薛素姐出嫁前夕，被人换了心，从此变得乖戾暴虐。薛家的社会地位比江家高，薛素姐的父亲是教授，而江城的父亲樊翁只是一个塾师。薛素姐从小就不喜欢狄希陈，而高蕃和江城却是青梅竹马、两小无猜，从小一起长大。后来，樊家搬走，才不复闻问。高蕃"少慧，仪容秀美。十四岁入邑庠。富室争女之"。而狄希陈则从小顽劣，不爱读书，不务正业。江城后来经老僧点化，痛改前非，一变而为贤妻良母，和高蕃成为相亲相爱的夫妻。薛素姐却是现世获报，最后半身不遂，瘫痪在床而死。《醒世姻缘传》的人物更多，情节更复杂，有很多风俗的描写，涉及的社会内容更多元。

尽管两部小说的不同之处非常明显，但是，二者的相同相似之处，却更为引人注目。两书都以惧内作为中心的内容，都将故事放在一个因果报应的框架里面，利用因果报应来解释悍妻虐待懦夫，懦夫生不如死的家庭悲剧。薛素姐折磨狄希陈，犹如江城之虐待高蕃，两家父母的反应也极为相似，两个亲家的关系也非常相似。薛素姐和江城都是美人，二人的性格都达到了歇斯底里的虐待狂的地步。而狄希陈和高蕃的怯懦也达到了令人叹为观止的程度。寄姐之虐待珍珠，与江城之虐待婢女，也如出一辙。狄希陈有外遇，被薛素姐发现，由此而大闹，严惩狄希陈，犹如高蕃之私会芳兰，而被江城发现，遭到报复一样。狄希陈被外人欺负，素姐替他出气，与人打架。高蕃被江城的二姊打了，江城便去替丈夫出气，将二姊痛打一顿。怨孽的消释，都是依靠高僧的出面，点明因果，于是，一切问题烟消云散，皆大欢喜。二书的结局都非常勉强。《江城》的结局更为"美满"，更为"理想"，也更加的庸俗和不真实。

《醒世姻缘传》的后世姻缘与《江城》相比，主线非常相似，主要人物的命运，思想性格，一生遭际，均十分相似。难怪有人因此而疑心《醒世姻缘传》出自蒲松龄的手笔。

无心之善，涌泉相报

　　《小翠》的中心是塑造一个女孩的形象。小说一开始，从辅助人物王太常入手，写他童年时的一次奇特的经历，无意中救了狐狸一命。太常是官名，管宗庙祭祀的官。这个开头就是全部故事的根。蒲松龄喜欢用恩报关系来结构他的传奇故事。这么一次无心之善，狐狸又怎么来报答他呢？小说没有马上告诉我们，只是一个悬念放在那里。王太常少年得志，中了进士，当了官。这里，蒲松龄写得很简略，中进士，当县令，当侍御，一笔带过，因为这都不是重要内容。从另一方面来看，高官的生活，他的日常起居，蒲松龄也不熟悉，所以不详写，也有藏拙的用意。蒲松龄是个很聪明的作家，他不勉强去写自己不熟悉的生活。那么，什么是重要的内容呢？作者要详细介绍的是，王太常有一个痴呆的儿子。全部的矛盾都出在这上面，这是小说的中心线索。这个傻儿子名字叫元丰，十六岁了，还不明白男女的事。这样一个傻子，乡里没有人愿意把女儿嫁给他。

故事奇就奇在这里了。

有一天，有一个妇女带了一个女孩登门，看那女孩，笑得很妩媚，真像仙人一样，"真仙品也"。王家一看，天上掉下个林妹妹，马上就和这位妇女商议聘金。谁知妇女不贪钱，说："这小孩跟着我连糠都吃不饱，现在嫁给你们这样的大户人家，住的是大厦，使的是奴婢，大米肥肉吃得厌烦，她心满意足，我也心中得到安慰，岂能像卖菜一样讨价还价？"话说得很俗，但也很爽快，很受听。夫人特高兴，命下人好好招待。看到这里，读者当然会有许多疑问，这位妇女为什么愿意，不但是愿意，简直就是高高兴兴地把女儿往火坑里送？她既然很穷，为什么不趁机要点钱。出现的时候是从天而降，走的时候也是突然就没了。

这是主人公的出场，至此，我们对小翠还没有什么深刻的印象。显然，小翠是穷人家的一个孩子，挺可怜的，听母亲之命，甘心情愿嫁给这么一个傻子。奇怪的是，小翠见母亲走了，也不悲伤，也不纠缠，这也不是很正常。十六岁的孩子，妈妈突然将她放到一个陌生的人家，她不哭不闹，还挺高兴的，什么事也没有，是不是没心没肺的那种孩子，还是缺心眼？蒲松龄并不急于为我们来解释这些疑点。带着这些悬念，读者继续往下看。几天过去了，小翠她妈也没来，问小翠家住哪里，也说不明白。当然，读者心里的悬念也一点儿一点儿地在加强，小说就这样保持着它的张力。亲戚们猜测，这么一个傻儿子，娶的媳妇不知道会是什么样呢？直到看见小翠，都很吃惊，也不再议论了。在这里，蒲松龄写得很含蓄。亲戚们吃惊的是什么呢？没想到王家的傻儿子居然娶了这么一个美丽聪明的女孩，于是，大家都没话说了。这是用烘托的手法写小翠的聪明美丽。

下面写小翠和傻子丈夫的日常生活，作者这才开始展开对女主人公的深入的描写。女孩整天乐乐呵呵的，好像并不嫌弃傻子丈夫，这是在写小翠的善良。只是小翠特别喜欢开玩笑。用布缝了一个球，踢着玩。一天，公公偶然路过，那球溜溜地飞出去，正好踢在公公的脸上。小翠和奴婢们一看闯了祸，赶快躲了起来。那傻子不知闯了祸，还一跳一蹦地去追那个球。王公大怒，用石头向傻儿子扔过去，傻子被击中，趴地上哭起来。王公的发怒，其实主要不是因为球踢中了他的脸，主要是那个儿子的出乖露丑。人家都跑掉了，他还傻乎乎地去追那个球，给父亲也丢了脸，而且是当着媳妇和下人的面。王公回去把这事告诉了夫人，夫人便去责备小翠。其实，这是一个无心的错误，但夫人心疼儿子，所以归罪于媳妇。小翠如何呢？低着头，微笑着，手摩着床。蒲松龄特别善于写女孩的神态。小翠听夫人训完话，回去，"憨跳如故"，还是那样好闹，活蹦乱跳。小翠虽然已为人妻，依然是那么天真烂漫，憨不知愁。她没有接受教训，又用脂粉把公子的脸涂得像鬼一样，夫人见了，非常生气，把小翠叫来，臭骂了一顿。小翠靠着几弄着衣带，并不害怕，也不为自己辩解，夫人也拿她没有办法，这是一个女孩对付婆婆的办法，不对抗，也不改。夫人没办法，就打她的儿子，傻儿子大哭，小翠这才害怕，屈膝为丈夫求饶。夫人的怒气稍稍缓解，放下了木杖，公子这才破涕为笑。小翠把公子拉到屋里，替他拍掉身上的尘土，擦掉眼泪，抚摩伤口，给他枣啊栗子的，来哄他，这是写小翠温柔的一面。一个女孩，能够对一个傻子丈夫如此温柔，也是难能可贵的了，这是写小翠的善良。小翠又给公子化装，将他打扮成一个楚霸王项羽，打扮成《昭君出塞》里匈奴派来迎接昭君的人。小翠自己呢，扮演《霸王别姬》里的虞姬。看来，小翠有一种戏曲的爱好，是个天生的演员，无师自通。王公知道自己的儿子是个傻子，也不忍心过于地责备小翠，即便听到里面很闹，也睁一眼闭一眼，不去管她。

光是在家里闹也就罢了，谁知问题闹到墙外去了。恰好隔不远有位王给谏，他和王公有矛盾，时常地想找个理由整整王公，小翠的恶作剧给他提供了一个机会。这里，故事开始又多了一层含义，把官场上的钩心斗角掺杂进来了，不再是单纯的家庭矛盾了。当然，作品又多了一层意义。但是，写家庭也罢，写官场也罢，归根到底，还是为了写小翠这个人物，写围绕着小翠的世态人情。以后的故事发展说明，官场的矛盾一掺进来，将小翠和家长的矛盾激化了，小翠的性格也在矛盾的激化中得到了更深的刻画。嬉笑打闹，不牵涉到王家的根本利益，家长还可以忍耐，而官场险恶，它涉及王家的根本利益，甚至身家性命，家长就不能容忍了。事情是这样的：一天，小翠女扮男装，扮成冢宰的模样，又让两个丫鬟装作随从，骑马去王给谏家。开玩笑说，将谒见王先生。到了王给谏的门口，又大声说："我是要谒见王侍御，哪里是要见什么王给谏！"这个玩笑开大了，怎么收场呢？回来了，看门的分不清真假，马上到里面去汇报。王公一听冢宰大驾光临，赶快出来迎接，一看，才知道是小翠的恶作剧。王公气得要命，对夫人说："人家正好在找茬，现在小翠这么胡闹，只怕我的灾难不远了！"夫人大怒，跑到小翠的屋里，斥骂一顿。小翠只是微笑地听着，一句话不说。夫人也是左右为难，打吧，于心不忍，休了吧，儿子又上哪去找一个妻子！夫妻生气埋怨，一夜未睡。王给谏误以为是真的，暗中注意王公的大门，到半夜了，客人也未出来，他怀疑王公和冢宰有什么阴谋。第二天早朝，见到王公，他问："昨晚，冢宰去你家了吗？"王公以为他在讽刺，惭愧地哼哈敷衍。给谏就更加怀疑王公与冢宰有什么密谋，这才打消了陷害王公的念头。不但如此，他反而奉承王公。王公知道了其中的原因，暗中高兴，而悄悄地告诉夫人，劝小翠以后别这样胡闹了，小翠笑着答应了。看到这里，我们才恍然大悟，小翠不是在恶作剧，她是故意的，是用这个办法制造王公与冢宰关系密切的假象，以吓阻王给谏。

给谏来王家，忽然看见王家那傻儿子穿了龙衣龙袍，戴着皇帝的帽子，有个女孩从门里将那傻子推了出来。给谏大吃一惊，然后安慰他，脱下他那身衣服，拿走了。王公急急忙忙穿好衣服赶出来，那给谏已经走了。王公一问情况，吓得脸色都变了，大哭，说："这是我们家的祸水啊！指日内我家要灭族了！"他和夫人一起拿了杖子去小翠的屋。小翠已经知道了，关住门，任凭公公婆婆在外面骂。王公气得要用斧子劈门，小翠在里面说："公公不要生气，有媳妇在，刀劈斧剁，我一个人去承担，一定不连累双亲！公公若是这样，你是要杀了媳妇灭口吗？"一句话，把王公提醒，本来是小翠闹着玩的，若真把小翠杀了，真就有了杀人灭口的嫌疑，那时候就跳到黄河洗不清了，王公也只好算了。关键时刻，我们看到小翠这么一个弱女子，敢作敢当，柔中有刚的性格。这么紧张的时刻，头脑还非常清醒。给谏回去以后，果然上疏检举王公图谋不轨，而且以傻子穿的天子服饰为证据。皇帝闻报大惊，一检验，那帽子是高粱秆做的，衣服也是旧布破布缝的，皇帝对给谏的小题大做污蔑他人感到非常生气。又把那个傻子叫来一看，见他憨态可掬，皇帝也乐了，"这样的人可以做皇帝吗？"就把这案子交给法司去处理。法司严厉审问奴婢，结果都说没什么，只是一个爱闹的媳妇，一个痴呆的公子；邻居说的也一样。案件就这么定性结案，是给谏污蔑，判他充军云南。这样一件风波，弥天大祸，就这样平息了。

王公从此觉得这小翠还真是不能小看。小小年纪，竟是临危不乱，有如此胆识，以前真是低估她了。小翠来三年了，晚上和公子不在一起睡，好像两人没有到一起。夫人让人将公子的床搬到小翠房里，叫公子和小翠一起睡。过了几天，公子向母亲告状："借了床，也不还！小翠每天晚上把腿压我的肚子上，还掐我腿中间。"奴婢们听了，哈哈大笑。夫人拍拍他，叫他去。这里写小翠很体谅公公婆婆的愿望，很配合，但无奈傻子不明白男女之事。一天，小翠在屋里洗澡，公子见了，要一起洗，小翠笑着叫他等一会。洗完，倒进许多热水，替公子脱了衣服，与婢女把他扶进去。公子觉得太闷太热，大叫，要出来。小翠不听，用被蒙上。不一会，没声了，一揭被，看公子没气了。小翠坦然地笑着，也不害怕，把公子拖到床上，替他擦干身子，盖上被子。到这里，我们对小翠的非同一般，就更有数了，小翠绝不是一般的人。你想，一个丈夫被闷死了，那公公婆婆哪能善罢甘休，而她居然不动声色，无所谓，心中有底。场面非常富有戏剧性，夫人听说儿子死了，大哭着兴师问罪来了："狂婢为什么杀我的儿子！"小翠笑着说："这样的傻子，不如没有。"这不存心气人吗？夫人更来气了，拿头去撞小翠，这是妇女打架的方式，揪头发啊，拿头撞人啊。正在乱作一团的时候，一婢女跑来说："公子醒了！"事情正是大起大落，喜怒只在一瞬间转换。夫人收住眼泪，抚摩公子，只见他气喘吁吁，大汗淋漓，床褥沾湿。过了一顿饭的工夫，不出汗了，忽然张目四顾，环视周围，好像看见陌生人似的，问道："我现在回忆以往的事情，都像做梦一样，怎么回事呢？"夫人一看他说话这么明白，不像痴呆，非常奇怪，搀了他的手去见他的父亲，试了他好几次，果然不痴呆了，大喜。从此，不痴了，不犯病了，而他和小翠好得不得了，形影不离。到这里，我们明白，小翠真是王家的大功臣。

接着，作者借一个玉瓶作导火线，引发小翠的出走，同时点明真相。玉瓶引发的矛盾，也暴露了王太常夫妇内心深处对小翠的看法，他们心里还是看不起小翠，认为她只是一个穷人家的小孩，如果自己的儿子是个正常的孩子，怎么可能娶她！故事讲到这里，好像可以收场了，悬念也没有了，但蒲松龄还不想就此收手，他还要给我们意想不到的情节，使小翠的形象又增添了新的意义。王公非常后悔，但已经来不及了。公子看着那些小翠剩下的脂粉之类，哭得要死要活，这是借公子的痛苦写小翠的可爱。能够让人这么痛苦的女孩，是一个什么样的女孩，可想而知。公子寝食不甘，一天天地消瘦。王公大为忧愁，儿子倒是不傻了，但儿子很痴情，而小翠又被他骂跑了。怎么办呢？赶快给他再找一个吧。谁知公子一心想着小翠，还求人画了小翠的画像，日夜祈祷，两年过去了，偶然从外地回来，路上听到有个院子里两个女子在嬉闹，一个说："你不害羞，做媳妇让人赶出来！"另一个说："比你这么大了还没人要强！"

听声音，其中一个很像小翠。公子一看，果然是小翠。小翠说："两年不见，怎么瘦成这样了？"公子握着小翠的手眼泪止不住地掉。

小翠说："我也知道。但我已没脸回去了。今天和大姐一起出来玩，没想碰到你，可见是命就跑不了。"公子请小翠一起回家，小翠拒绝。公子请求住在亭里，小翠同意了。发生这么大事，仆人当然赶快回去报信，夫人大吃一惊，大概是又惊又喜。赶快来了，小翠出来迎拜，夫人紧紧拉住小翠的手臂，又是哭啊，又是认错，"力白前过"，不知说什么好，很诚恳，是自己错了。不说别的，这么一个傻儿子，给治好了，这是对王家多大的贡献啊！一个瓶子算什么！夫人说："你若是不记我以前的错，你就跟我回家，对我晚年也是一个安慰。"其实呢，夫人更多的还是为那个宝贝儿子着想，因为那儿子离了小翠真不行。当然也是借夫人的认错让小翠扬眉吐气。小翠坚决拒绝，夫人一看，这可怎么办呢？考虑到这地方那么偏僻，想多安排几个仆人来侍候。小翠说："别的人我都不想见，以前侍候我的两个婢女，和我曾经早晚相处，我不能不想念。外面有个老仆看门就够了。"这是写小翠很念旧情。夫人同意了她的要求，公子就在园里养病，家里提供日用而已。小翠常常劝公子再娶一个，公子不听。写公子对小翠的爱，也挺动人的，当然，这就更加写出小翠的可爱。下面是结尾，小翠与公子的缘分已经尽了，怎么结束呢？小翠突然衰老了，用这个办法来摆脱公子。并且告诉公子，自己不能生育，恐怕耽误王家的香烟，劝公子再娶，公子同意了。新人一进门，长得和小翠一模一样。

整个故事是一个报恩的故事。一波三折，小翠的形象，令人掩卷难忘，虽然写的是狐，其实也是人间女子，她的那种纯真、善良、活泼、敢作敢当，给人留下深刻的印象。无心之善，涌泉相报，蒲松龄把一个穷人的孩子写得这么可爱，可见他对弱势群体的那种发自内心的同情。

帘中人并鼻盲矣

　　蒲松龄以绝世之才，而坎坷不遇，以秀才而终身，所以他在《聊斋志异》中把最恶毒的诅咒送给那些试官。《司文郎》是蒲松龄抨击科举的力作，作者在故事中设置了王平子、余杭生、宋生、瞽僧四个人物，着力写科场考试的前前后后。不是传记式的写法，而是截取生活的一个横断面，加以剖析。四人之中，王平子和余杭生是现实的人物，宋生是鬼魂，瞽僧是半仙似的神秘人物。

　　王平子和余杭生同时登场，一平阳人，一余杭人，一南一北。一开始，作者就点出余杭生的狂悖无礼。接着，插进第三个人物宋生。王平子虽然对余杭生的无礼非常愤怒，但只是置之不理而已，但宋生才华横溢，锋芒毕露，一出场，就压住余杭生的气焰，使余杭生的肤浅平庸暴露无遗：

　　（余杭）生居然上座，更不拘抳。卒然问宋："尔亦入闱者耶？"

答曰："非也。驽骀之才，无志腾骧久矣。"又问："何省？"宋告之。生曰："竟不进取，足知高明。山左、右并无一字通者。"宋曰："北人固少通者，而不通者未必是小生；南人固多通者，然通者未必是足下。"言已，鼓掌；王和之，因而哄堂。生惭忿，轩眉攘腕而大言曰："敢当前命题，一校文艺乎？"宋他顾而哂曰："有何不敢？"便趋寓所，出经授王。王随手一翻，指曰："阙党童子将命。"生起，求笔札。宋曳之曰："可占可也。我破已成：于宾客往来之地，而见一无所知之人焉。"王捧腹大笑。生怒曰："全不能文，徒事谩骂，何以为人！"王力为排难，请另命佳题。又翻曰："殷有三仁焉。"宋立应曰："三子者不同道，其趋一也。夫一者何也？曰仁也。君子亦仁而已矣，何必问？"生遂不作，起曰："其为人也小有才。"遂去。

这一次交锋，夹枪带棒，宋生才思敏捷，出口成章，将狂妄的余杭生完全压倒。余杭生盛气而来，丧气而去。不得不承认宋生有才。宋生的破题一语双关，既照应了题目，又讽刺了余杭生。那个自命不凡的余杭生，正是宋生所谓"一无所知之人"。

瞽僧有一种特殊的衡文方式，他能用鼻子去嗅文章烧成的灰，从灰的气味去判断文章的优劣高下。瞽僧先闻了一下王平子的文章烧成的灰，说是"初法大家，虽未逼真，亦近似矣。我适受之以脾"。瞽僧的嗅觉是否可靠呢？作者巧妙地让"怀疑派"余杭生出面，"先

　　　　　　　　　聊斋的狐鬼世界

以古大家文烧试之"，瞽僧大呼"妙哉！"接着，余杭生又把自己的文章悄悄地混入，谁知瞽僧不可欺，一嗅就说味儿太难闻，一闻就要吐。不料，余杭生后来居然中榜，王平子反而名落孙山。宋生和王平子跑去把结果告诉瞽僧，瞽僧叹息说："我虽然眼瞎了，但鼻子还没有瞎。那帘子里的试官连眼睛带鼻子都瞎了！"不一会儿，余杭生气昂昂地来了，他得意地嘲弄瞽僧，瞽僧讽刺他说，我评论的是文章的优劣，并没有给你算命，你不妨把试官们的文章取来，我一闻就知道哪一位是你的座师。余杭生和王平子果然去把文章找来了，烧到第六篇，瞽僧突然对着墙壁大吐，连连放屁，声大如雷，大家哄堂大笑。瞽僧对余杭生说，这就是你的老师啊！开始不知底细，不小心闻了一口，鼻子都受不了，吸到肚子里，膀胱里就容不下，直冲下面出来了。瞽僧状似疯癫，其实是痛骂试官，"帘中人并鼻盲矣"一句，实为点睛之笔。

与《司文郎》相比，《贾奉雉》一篇，不但是痛骂试官，而且更能体现出一个老秀才在久试不售以后寻求心理平衡的努力。这篇作品写贾奉雉"试便不售"，而郎某指给他的范文却是贾奉雉"所鄙弃而不屑道者"。贾奉雉认为，靠这样的滥调文章，"猎取功名，虽登台阁，尤为贱也"。而郎某却说："不然。文章虽美，贱则不传。君欲抱卷以终也则已；不然，帘内诸官，皆以此等物事进身，恐不能因阅君文，另换一副眼睛肺肠也。"这是在痛骂天下的试官都是靠烂文取的功名。另一方面，又为落第的举子喊冤出气、高自位置。原来，他们之所以落第，是因为文章不烂、不屑烂的缘故。郎某的话，和瞽僧的"帘中人并鼻盲矣"，有异曲同工之妙。后来，鬼使神差，贾奉雉果然用了几篇"阘冗泛滥，不可告人之句"拼凑而成的烂文去应考。考完以后，贾奉雉因为烂文应试，非常沮丧，可是，偏偏这一次贾奉雉"竟中经魁"。这种情节极写科场上是非颠倒、优汰劣胜的荒谬，其实是痛骂考官的有眼无珠。写到这里，作者意犹未尽，又写贾奉雉中了经魁，却并不以为侥幸，反而"一读一汗"，自言："此文一出，何以见天下士矣！"他不屑做官，进深山修道去了。以后，回到人间，居然"连捷等进士第"，宦海浮沉，历经风波，最后终于觉悟："今始知荣华之场，皆地狱境界。"《贾奉雉》一篇，对八股时文的极大蔑视，已经接近对于科举制度的否定。其中的郎某自然是一个虚构的超现实的人物，但是那种对科场的黑暗的描写，对考官的蔑视，却是出自蒲松龄的切身的体会。康熙四十七年，蒲松龄六十九岁那年，目睹济南考场的情况，他怀着满腔的愤懑，写下如此诗句："云此有关节，案名一笔勾。佳文受特知，反颜视若仇。黜卷久东阁，凭取任所抽。颠倒青白眼，事奇真殊尤。……芹微亦名器，掷握如投骰。翻覆随喜怒，吸呼为弃收。"当年试场之黑暗、黜录之毫无标准，描写得淋漓尽致。《聊斋志异》中《何仙》一篇，亦写及科场中的黑暗，将恶毒的诅咒送给那些阅卷的幕客，"我适至

聊斋的狐鬼世界

提学署中，见文宗公事旁午，所焦虑者殊不在文也。一切置付幕客六七人，粟生、例监，都在其中，前世全无根气，大半饿鬼道中游魂，乞食于四方者也。曾在黑暗狱中八百年，损其目之精气，如人久在洞中，乍出，则天地异色，无正明也"。《三生》一篇，写名士兴于唐，因黜落，愤懑而死。在冥间率领千万"同病死者"，诉讼于阎王。阎王判主司和房官以笞刑，兴于唐不服。"两墀诸鬼，万声鸣和"。兴于唐抗言曰："笞罪太轻，是必掘其双睛，以为不识文之报。""众又请剖其心。"

一个"在逃犯"的悲欢离合

　　《张鸿渐》一篇，讲述政治迫害引发的一个男人和两个女人的故事，一男一女一狐，这不是一个艳情故事。男主角张鸿渐并非一个见到美女，就"目眩神夺"，迈不开步，死缠烂打的登徒子。

　　故事的背景是一场突如其来的政治迫害。卢龙令赵某贪暴，范生被杖毙，同学不平，群起鸣冤。张鸿渐是郡中名士，被推举为讼状的起草人。极其简省的文字，写出张鸿渐的才气、声望和正义感。这是一次规模不大的学潮，就是在这样的关键时刻，作者顺手带出第二个重要人物，即张的妻子方氏。作者用"美而贤"三个字对她做了简单的概括。其实，全文对方氏的容貌并没有一点儿介绍，我们看到的，只是她的"贤"。方氏对丈夫说："大凡秀才作事，可以共胜，而不可以共败。胜则人人贪天功，一败则纷然瓦解，不能成聚。今势力世界，曲直难以理定；君又孤，脱有翻覆，急难者谁也？"方氏的这番话，透出一种明哲保身的世故。但是，她的有主意，有见解，纷乱之中头脑的冷静，她对丈夫的爱，表现得非常有力。后来事情的发展，竟如方氏所料。果然是势利世界，是一个不讲理的社会，压迫一来，秀才们作鸟兽散，真是"可以共胜，而不可以共败"。赵某行贿，给秀才们扣上结党的罪名，这也是统治者惯用的伎俩。在这种情况下，起草讼状的张鸿渐自然就成为首先要打击的出头之鸟。方氏不幸而言中，"急难者谁也"。于是，三十六计，走为上计，张鸿渐无奈之余，抛下年轻的妻子和幼小的孩子，仓皇出逃。

在逃跑的过程中，张鸿渐遇到了舜华。如果说，被迫害的描写尽可能的简略，突出地写了方氏的见识，那么，张鸿渐与舜华的相识并结合，就写得非常详细了，作者明显地放慢了叙事的速度。由此可见，作者的兴趣不在写政治迫害，而在借这一背景所引发的张鸿渐、方氏和舜华三人之间那种复杂的感情纠葛，这是蒲松龄的强项。当然，对秀才反贪而失败的描写，凝聚着作者对墨吏贪官强烈的仇视和憎恨。对于张鸿渐逃亡过程的描写，更是渗透着作者对于主人公的深刻同情，对于弱势群体的无限呵护。

张鸿渐的出逃，并无预先的准备，奔走旷野之中，"资斧断绝"，可以说是山穷水尽。在这种几近绝望的情况下，张鸿渐遇到了他生命中的第二个女人舜华。舜华一出场，就是一个当家做主的大姐的气派。作者又通过张鸿渐的偷窥，点出舜华是一个"二十许丽人"。老妪勉强同意张鸿渐的留宿，女主人发现以后，责备老妪："一门细弱，何得容纳匪人！"后来发现张鸿渐是一个风雅之士，又热情接待。舜华接着就向张鸿渐求婚，张鸿渐从家里跑出来，惊魂未定，毫无思想准备，听到舜华的请求，"张皇不知所对"。他老老实实地告诉舜华，自己家里已有妻子，这是写张鸿渐的诚实。他没有一见丽人就产生非分之想，没有得陇望蜀，更没有为了得到丽人而欺骗对方。舜华欣赏他的诚实，对他的已有家室却并不在乎，她完全不受礼教的束缚，在她那里，爱是不需要理由的，完全是一个新的女性。张鸿渐在这么一个主动的丽人面前，他的防线迅速崩溃，接受了舜华的爱。

舜华很快就向张鸿渐坦承，自己是狐，张鸿渐"恋其美，亦安之"。张鸿渐笃于感情，在特殊情况下接受了舜华的爱。他一面生活在舜华的温柔爱抚之中，一面却挂念着家中的妻子。舜华在他落难之时，给了他一个女人所能给予的一切。要说回家，张鸿渐很难开口，张鸿渐处在一种两难的痛苦之中。他对妻子的思念越来越强烈，感情的煎熬终于迫使他向舜华提出了回家的要求。在舜华这一边，出于一个女人的本能，她对张鸿渐的心挂两头表示不悦。但是，张鸿渐的态度也非常明朗、非常坚决，道理也说得光明正大："卿何出此言。谚云：一日夫妻，百日恩义。后日归念卿时，亦犹今日之念彼也。设得新忘故，卿何取焉？"舜华拿他没有办法，只好同意他回家。

聊斋的狐鬼世界

舜华果然是狐仙，来去无碍，一会儿就领张鸿渐到了家。夫妻相见悲喜，见儿子已经长大好多，又询问官司的事，才知道秀才们病死的病死，逃亡的逃亡，张鸿渐更加佩服方氏的英明远见。方氏埋怨他有了佳人，忘了妻子。张说："不念，胡以来也？我与彼虽云情好，终非同类。独其恩移难忘耳。"方氏的埋怨，说明她知道了张与舜华的事情，这是作者在暗示"方氏"并非真方氏，否则她怎么知道丈夫的事情。张鸿渐的回答很诚恳，我不想你，又为什么回来？我和舜华再好，总是异类，只是她的恩义，令人难忘。话说得不多，但分量很重，写出张鸿渐为人的诚笃坦白。谁知道，这个"方氏"竟是舜华所变，这一曲折使舜华更加确认了张鸿渐对自己的真实感情，"君心可知矣！分当自此绝矣。犹幸未忘恩义，差足自赎。"既然张鸿渐还是以发妻为重，那就不要勉强。但毕竟他还算有良心，承认舜华的恩义。几天后，舜华觉得"终无意味"，决心斩断情根，成全张鸿渐，送他回家。

第一次回家是假，是舜华对张的考验，第二次回家是真，是舜华成人之美的善举。假方氏，被张认为是真方氏，真方氏，却又被张误认为是假方氏，并因此而引起真方氏的误解。蒲松龄非常善于发掘故事中的戏剧因素，真假方氏的表现成为很好的对比。真方氏听到丈夫在外面敲门，一面是吃惊，一面是将信将疑。因为丈夫是被通缉的对象，她的反应很正常。待到确认来人正是丈夫的时候，

"涕不可仰"。张鸿渐这一次犯了经验主义的错误，他以为又是舜华在玩花样耍他。妻子见他数年不见，见了面不但不悲伤，还要开玩笑，这么没心没肺，便责备他，张鸿渐这才相信，眼前的方氏真是他的妻子。两人悲喜交加，互相诉说别后的情况。

一波未平，一波又起，里中恶少，窥觑方氏美色，在外窃听。他得知屋里说话的男人就是在逃的张鸿渐时，借机敲诈。张鸿渐气急，将恶少杀死，刚刚团聚的夫妻遇到了更大的麻烦。本来官司在身未了，现在又添上命案，这对于张鸿渐、方氏夫妻两人是一次更加严峻的考验。方氏要丈夫赶快逃走，自己来承担这场人命官司，而张鸿渐却挺身赴官，不愿让妻子来承担责任。方氏对丈夫的爱，她的牺牲精神，张鸿渐的义愤，他的敢作敢当，均表现得非常充分。一对患难夫妻在灾难面前的相抚相爱，争赴危难，写得非常动人，非常有力度。蒲松龄在这些描写里揉进了自己患难夫妻、贫贱夫妻的体验，融进了他的爱憎，所以写来格外深切，也格外具有感染力。

张鸿渐"由郡解都，械禁颇苦"，舜华又一次伸出援手，搭救自己的情人。她把公役稳住，诱以贿赂，然后脱卸张的桎梏，远走高飞。舜华对于张的弃她而去，依然耿耿于怀，但是，情人的落难，又使舜华于心不忍，不得不出手相救，"依兄平昔，便当掉头不顾。然予不忍也"。这是写舜华的善良，写她的旧情难忘。舜华救完张鸿渐以后，匆匆离去。张鸿渐落脚太原，化名授徒。一晃十年，张鸿渐"访知捕亡寝息",这个在逃十年的"犯人"决计回家。

夫妻相见悲喜,各道离别情景。儿子亦已成家,方氏不但一手将儿子培养长大,而且训教有方,已经是一个秀才了,参加乡试未归。住的也是围着高墙的房子了。方氏的能干,十年来她的艰辛,均在不言之中。谁知,一场误会又使刚刚见面的夫妻顿时分离。几天后的一个晚上,外面"人语腾沸,捶门甚厉",张、方以为官府闻讯来抓他,翻墙而逃。我们看到,张鸿渐的命运始终笼罩在政治迫害的阴影之中。其实是报喜的,儿子中举,把惊弓之鸟给吓跑了。

结尾非常突兀。张鸿渐一路逃跑,在离京都不远的地方落脚,为一退休的京官家收留。京官的儿子新中孝廉,这新孝廉将一同榜领到家中,而这位同榜居然就是张鸿渐的儿子,于是,父子欢喜同归。家以子贵,恶少家不敢报复,张鸿渐又厚遇之,加以安抚,于是和好无事。结尾虽然俗一点,但也不算过于勉强。

综观全篇,极尽曲折,波澜迭起,复杂的感情纠葛,把握得极为深入细腻,人物的对话,最见功力,情貌悉现,口吻毕肖。

迷狂的心态

　　《王子安》一篇，与《聊斋志异》中的大多数作品不同，它不是以人物的生平作为叙事的线索，而是选择生活中的一个小小片段，具体来说，就是选取科考发榜的一刻，极写读书人渴望科举成功的迷狂心态。作者设计了两只冒充报子的狐狸，它们利用王子安久试不售的迫切心情，狠狠地捉弄了他一顿。在王子安这一边，一面是"期望甚切"，一面是"痛饮大醉，归卧内室"，这就大大地增加了他上当受骗的可能性。两个"报子"一会儿报说王中了举人，一会儿又报说王中了进士。王子安自己也不免有所怀疑："尚未赴都，何得及第？"但"报子"哄他说："汝忘之耶？三场毕矣。""报子"是在拿他开心，家人出于逢迎，也一起哄他，这就不由他不信。何况他在大醉之中，哪里辨得真假。作者并不就此罢休，他又生发开去，写王子安得意忘形，大呼："赏钱十千！"狐狸竟冒充长班跪拜床下。一会儿报说王子安已经殿试翰林，这是要把欺骗进行到底了。王子安"自念不可不出耀乡里"，便"大呼长班"。他责怪长班侍候不周，大发脾气，地位未变而思想已变，足见此人之浅陋可笑。长班本是狐狸所冒充，哪能受王的气，于是便与之对骂："措大无赖！向与尔戏耳，而真骂耶？"王子安此时仍未清醒，气急之下，把长班的帽子打落在地，王子安终于逐渐地清醒过来，这才明白是受了狐狸的捉弄。

失败的次数愈多，期望值就越高，期望值愈高，上当受骗的概率就愈高。屡战屡败，自尊性一次一次地被摧毁，久而久之，形成一种自卑的心理。这种自卑的个体渴望一个证明自己的机会，于是，狐狸精乘虚而入，演出一场可笑可悲的闹剧。通过狐狸的恶作剧，作者将落第举子的变态心理描写得淋漓尽致。

这篇小说虽然对王子安有所讽刺，但作者对于落第举子其实是非常同情的，他的笑是一种含泪的笑。作者的矛头实际上指向了毒害知识分子的科举制度，是科举制度用功名富贵的诱惑，造成了知识分子麻木委琐、迷狂疯傻的精神状态。结尾的"异史氏曰"，充分表现出作者对应试教育的受害者的同情：

秀才入闱，有七似焉：初入时，白足提篮，似丐；唱名时，官呵吏骂，似囚；其归号舍也，孔孔伸头，房房露脚，似秋末之冷蜂；其出场也，神情恍惚，天地异色，似出笼之病鸟；迨望报也，草木皆惊，梦想亦幻。时作一得志想，则顷刻而楼阁俱成；作一失志想，则瞬息而骸骨以朽。此际行坐难安，则似被絷之猱。忽然而飞骑传入，报条无我，此时神色猝变，嗒然若死，则似饵毒之蝇，弄之亦不觉也。

《聊斋志异》中抨击科举的佳作不少，独有此篇，颇有深度，以荒诞的情节，深刻反映出科举制度对知识分子精神和心理的毒害，它的思想深度已经接近吴敬梓的《儒林外史》。再如《于去恶》一篇，借鬼之口，抨击科举场中的胜利者，"目不睹坟典，不过少年持敲门砖猎取功名，门既开则弃去；再司簿书十数年，即文学士，胸中尚有字耶！"《王子安》描写的七似，饱含着蒲松龄自己一生的辛酸。康熙二十六年、蒲松龄四十八岁的那次乡试，挚友张笃庆有诗寄蒲松龄，诗中说："此后还期俱努力，聊斋且莫竞谈空。"意思是不要再将精力消耗于谈鬼说狐的小说上了，还是努力科场，揣摩时艺，才是正经。蒲松龄这一次考得很得意，可惜，"越幅被黜"。事后赋词一首："得意疾书，回头大错，此况何如！觉千瓢冷汗沾衣，一缕魂飞出舍，痛痒全无。痴坐经时总是梦，念当局从来不讳输。所堪恨者：莺花渐去，灯火仍辜。嗒然垂首归去，何以见江东父老乎？问前身何孽，人已彻骨，天尚含糊。闷里倾樽，愁中对月，欲击碎王家玉唾壶。无聊处，感关情良友，为我唏嘘。"康熙四十七年，蒲松龄赴济南，适值试士，他看到考生被官吏呼来喝去、随意鞭挞，毫无人格尊严的情形，感慨赋诗："试期听唱名，攒弁如堵墙。黑鞭鞭人背，跋扈何飞扬！轻者绝冠缨，重者身痍伤。退后迟噭应，逐出如群羊。贵倨喜嫚骂，俚媟甚俳娼。视士如草芥，而不齿人行。帖耳俱忍受，阶此要宠光。此中求伊周，亦复可恻怆！"蒲松龄有如此切身的感受，难怪他对科举的抨击是那样强烈和痛切。

螺旋式的结构

　　几千年的封建社会，不知发生了多少冤假错案；官吏的刑讯逼供、草菅人命，不知造成多少冤魂。蒲氏一生生活在草民之中，对百姓的冤苦体会甚深，对弱势群体的悲惨遭遇充满同情。他通过席方平为申父冤，魂赴冥府，与城隍，与郡司，与阎王抗争的故事，替无告的百姓一抒其愤懑不平之情。作者借鬼神世界，揭露了封建官吏与豪绅恶霸狼狈为奸，上下勾结，官官相护，凌辱百姓的残酷现实，赞扬了席方平万劫不移的反抗精神。

　　席方平报仇申冤，共告状四次。每次都形成一个首尾完整的情节的环，按事情的逻辑顺序编排，反映了矛盾冲突螺旋式地上升、不断激化的过程。开始的时候，席方平离魂而赴阴间，为父申冤。在唐人传奇《离魂记》，元人杂剧《倩女离魂》里，离魂因为爱情，情之所至，金石为开。而在蒲松龄的《席方平》里，离魂是为了复仇申冤，突出了席方平复仇申冤的决心，他是以自己的生命来和恶势力相搏。离魂的过程写得很自然："自此不复言，时坐时立，状类痴，盖魂已离舍矣。"当然，这里也包含着弘扬孝道的用意。魂已离舍，人必痴呆，很符合一般人对离魂状态的想象。蒲松龄非常善于将超现实的情节写得合乎常规，合乎情理，合乎一般的生活经验，使超现实的奇幻获得一种感受的"真实"。

第一次告状，告到城隍那里。"自有王章"的幻想支持着席方平，他对法律的腐败，估计不足，不知这潭浑水的深浅，以为法律"岂汝等死魅所能操耶！"谁知，城隍上下受了贿赂，"以所告无据，颇不直席。"金钱击败了法律，法律成为摆设。法律需要证据，这本来没有错，但是，需要证据也可以成为贪官污吏对付弱势群体的挡箭牌。城隍、郡司只知道要钱，他们不去收集证据，不去调查情况，用一句缺乏证据就把席方平拒之门外。

第二次，告到郡司。郡司高了一级，"迟之半月，始得质理"，"仍批城隍覆案"。郡里将状纸退回下级处理，城隍自然是加倍地报复他，席方平"备受桎梏，惨冤不能自舒"。这种官官相护的黑暗，自然很容易使人联想到人间的黑暗。古代的百姓，喜欢把阴间，美化为伸张正义的道德法庭，似乎那里比人间公平。所谓"善恶到头终有报，头上咫尺有神明"，"尔俸尔禄，民脂民膏；下民易虐，上天难欺"，"暗室亏心，神目似电"，如此等等，不一而足。但蒲松龄的《席方平》告诉我们，阴间的黑暗与人间毫无二致，那里也是一样的墨吏贪官，一样的贿赂公行，同样是"衙门口儿八字开，有理无钱莫进来"。城隍看到郡司的批复以后，法外施刑，以打击其进一步上诉的勇气，并且强行将席押回阳间。

席方平并不甘心，又告到阎王那里，这是阴间最高一级的职官。前两次的告状，描写都比较简单，这第三次的告状，描写极为详细。对席方平来说，这是最后的一点儿希望。先是城隍和郡司的求和，他们许席方平以千金，希望私了，但席方平坚执不从。接着是店主人的好意劝说："君负气已甚，官府求和而执不从，今闻于王前各有函进，恐事殆矣。"但是，席方平对最高一级仍抱有很大的幻想，所以不听。谁知，进了阎王殿，那阎王面有怒色，"不容置词，命笞二十"。"席厉声问：小人何罪？冥王漠若不闻。"一次次的失败，不断的受挫，逐渐地加深了席方平对官府和法律的认识。他讽刺阎王说："受笞允当，谁教我无钱耶！"接下来，酷刑逼供一段，蒲氏将酷刑的残酷恐怖描写得淋漓尽致，从而把席方平的顽强不屈和钢铁意志写到极致：

冥王益怒，命置火床。两鬼捽席下，见东墀有铁床，炽火其下，床面通赤。鬼脱席衣，掬置其上，反复揉捺之。痛极，骨肉焦黑，苦不得死。约一时许，鬼曰："可矣。"遂扶起，促使下床着衣，犹幸跛而能行。复至堂上，冥王问："敢再讼乎？"席曰："大冤未伸，寸心不死，若言不讼，是欺王也。必讼！"又问："讼何词？"席曰：
"身所受者，皆言之耳。"冥王又怒，命以锯解其体。二鬼拉去，见
立木，高八九尺许，有木板二，仰置其下，上下凝血模糊。方将受缚，
忽堂上大呼"席某"，二鬼即复押回。冥王又问："尚敢讼否？"答云：
"必讼！"冥王命捉去速解。既下，鬼乃以二板夹席，缚木上。锯方
下，觉顶脑渐辟，痛不可禁，顾亦忍而不号。闻鬼曰："壮哉此汉！"
锯隆隆然寻至胸下。又闻一鬼曰："此人大孝无辜，锯令稍偏，勿损
其心。"遂觉其锋曲折而下，其痛倍苦。俄顷，半身辟矣。板解，两
身俱仆。鬼上堂大声以报。堂上传呼，令合身来见。二鬼即推令复合，
曳使行。席觉锯缝一道，痛欲复裂，半步而踣。

地狱的种种酷刑，在典籍里多有渲染描写，但蒲氏又加以生发，在
细节的描写中渗入生活的经验，加强了超现实描写的"真实性"。火
床的"上下血肉模糊"，是细节的描写，"席觉锯缝一道，痛欲复裂"，
是利用了人们对伤口的生活体验。

　　三次告状的失败，使席方平认识到"阴曹之暗昧尤甚于阳间"，
对阴间的幻想完全破灭，所以他改变策略，欺骗阎王，表示自己放
弃了上诉的想法，准备去二郎神那里去告状。第四次告状的过程更
为曲折。先是阎王狡猾，一计不成，又生一计。席方平刚一"转身
南向"，两个鬼就跟踪而至，将他押回阎王殿。席方平和读者都以为

这一回，阎王将会更加严厉地惩罚席方平。谁知阎王学乖了，他知道席方平性格刚烈，便换了软的一套，要收买席方平。说是席父冤已雪，席也将投生在富贵人家。席方平假装表示感谢。一路上，又与两个押送他的鬼役发生戏剧性的冲突。二鬼威胁他，要把他押回去，他反过来威胁二鬼，"请反见王，王如令我自归，亦复何劳相送"。二鬼无奈，"温语劝回"。这是在悲剧中穿插喜剧性的因素。二鬼将他强推入门，投生转世，这是阎王的最后一招，目的是破坏席的复仇计划。但席方平一心复仇，矢志不移，所以他"生为婴儿，愤啼不乳，三日遂殇"。他的冤魂终于找到灌口的二郎神，申冤报仇，阎王、郡司、城隍，"三官战栗，状如伏鼠"。作者并不在高潮之处一味地追求紧张，而是根据生活的矛盾变化的复杂性、丰富性，设置曲折的情节，以造成跌宕起伏的艺术效果。情节的发展成为性格发展的历史，情节的螺旋式的美决定于席方平的性格。席方平不屈不挠，刚烈顽强，这种万劫不回的反抗性格，推动了情节的螺旋式前进。

公案加爱情

　　蒲松龄善于写狐魅花妖，可是，《胭脂》一篇从头至尾，没有出现超现实的人物和情节。《胭脂》的故事情节并不出奇，"三言"中已有类似的故事。蒲松龄的成功之处在于他能够将前人故事中的情节和人物，腾挪变化，重新点染，给人以耳目一新的感觉。《胭脂》写的是爱情加公案，公案小说不难写出曲折的情节，可是不容易写出有血有肉的人物，常常因事设人，人物被情节牵着走，性格很模糊。然而，《胭脂》不是因事设人，而是事随人走，故事的发展完全是人物性格冲突的自然结果。

　　《胭脂》写了四组人物，都是案件的相关之人。胭脂和鄂生是一组，是恋爱的两位主角。其中胭脂是全案的根，全部故事和线索都围绕着她的命运来展开。妻子新近亡故的"故孝廉之子"鄂生，"丰采甚都"，是胭脂意中之人，差一点成为冤案的牺牲品。秀才宿介和姘妇王氏是第二组，是此案重要的知情人。其中王氏这一辅助人物的配置在这篇小说的结构中起着不可忽视的作用，作者借王氏将故事的相关之人连到一起。王氏是胭脂的邻居，是胭脂的"女闺中谈友"，王氏给胭脂介绍了门外走过的那位"风采甚都"的少年（鄂生）的情况，又是王氏将胭脂看上鄂生的情况告诉了情夫宿介。而宿介又去讨便宜，遭到拒绝。无意中将拣到的胭脂的绣花鞋丢失，鞋子又被无赖毛大拾去，而毛大又曾挑逗王氏而遭到拒绝。条条线索都通向王氏，弄清王氏的情况实乃破案的关键。王氏在小说中的作用还不止于此，她还是推动情节向前发展的最重要的因素。通过她的介绍，胭脂才了解到鄂生的大致情况，从而下了决心。因为王氏与宿介的暧昧关系，才使案件中又多了宿介插进来的一段波折。王氏又是毛大垂涎的对象，这才使毛大偷听到了王氏与宿介的谈话，从而产生了骗奸的念头。牛医卜氏夫妇是第三组人物。故事开始的时候，卜氏夫妇游离于主线之外，后来，卜牛医成为凶案的直接受害者。毛大是第四组人物，他是真正的凶手。从道德的角度来看，胭脂和鄂生是作者歌颂的一方，毛大是受鞭挞的一方，从而构成善恶的两极。王氏和宿介是中间人物，王氏轻佻而能拒毛大于门外，宿介不端却并无杀人之心。王氏为胭脂介绍鄂生，未必没有成人之美的热心，与此同时，她又会将此事当作笑话告诉她的情夫宿介，这就又显出她的轻薄。王氏深知宿介的为人，当能猜知宿介向她打听胭脂家情况的目的，但是，王氏为了讨好宿介，居然把闺中谈友给出卖了。宿介失落绣鞋以后，把一切都告诉了王氏，王氏还帮宿介"遍烛门外"，寻找绣鞋，则王氏的为人，由此可见。作者对王氏性格的把握很有分寸，恰到好处，充分表现出作者性格描写的功力。写不够，写过了，都将不是"这一个"王氏。对王氏的描写实为这篇小说的一个难点，蒲松龄以艺术大师的功力，轻松地克服了这一难点，使王氏的形象显得非常真实。

蒲松龄善于用爱情去考验他笔下的人物，善于刻画爱情心理的微妙之处。在《胭脂》一篇中，作者通过胭脂、鄂生、王氏和宿介对爱情和两性关系的不同态度，体现了他们不同的思想和性格。胭脂出身牛医之家，才姿惠丽，"欲占凤清门，而世族鄙其寒贱，不屑缔盟。以故及笄未字"。胭脂看到鄂生从门外走过，"女意似动，秋波萦转之"。鄂生"去既远，女犹凝眺"。可见，这位小家碧玉在一见钟情以后，有点情不自禁。经王氏挑明以后，胭脂"晕红上颊，脉脉不作一语"，既不敢贸然肯定，也没有断然否定。肯定则含羞不敢，否定则违反本心。"脉脉不作一语"，此所谓"此时无声胜有声"。王氏主动向胭脂介绍鄂生的情况，并表示愿意为胭脂牵线，"此南巷鄂秀才秋隼，故孝廉之子。妾向与同里，故识之。世间男子，无其温婉。今衣素，以妻服未阕也。娘子如有意，当寄语以委冰焉"。胭脂竟无言不应。鄂生的情况，显然是胭脂非常理想的配偶。他性格温和，甚至带点腼腆，一见王氏和胭脂，那位少女好像在盯着他看，他便"俯其首，趋而去"。孝廉之子，妻子新故，父亲去世，丰采甚都，上哪里去找这样理想的男子。一个牛医之女，要嫁给一个孝廉的儿子，一般是不可能的，所以，王氏那边几天没有消息，胭脂便担心"疑宦裔不肯俯给"。直至相思成疾，"渐废饮食，寝疾惙顿"，有生命之虞时，胭脂才向王氏承认自己爱上了鄂生，疾病因此而起。胭脂向王氏表示："事至此，已不能羞。但渠不嫌寒贱，即遣媒来，疾当愈；若私约，则断断不可！"胭脂的初次亮相，只是体现了她的羞涩和痴情，而她病重之际对王氏的这一番话，又表现出她的刚强的一面。她坚决反对私约的方式，这里表现出她的传统和自我保护意识。从胭脂痛斥宿介的诱奸，作者又展现了这位少女思想性格的又一个侧面。她对爱情的态度是严肃不苟且的，在狂暴面前，她是抗争的。她之所以钟情于鄂生，不光是因为鄂生的风采，而且因为她认为鄂生性格温和，能够体谅她。父亲被害以后，胭脂黑暗之中没有看清来人，误以为鄂生是凶手，她对鄂生的爱全部化为恨。

王氏对爱情的态度与胭脂成为鲜明的对比。王氏已婚，没有胭脂那么多的羞涩，可是，王氏的直言不讳中带有轻佻的成分。胭脂凝视鄂生背影的憨态，在王氏看来，是有点可笑的。宿介与王氏幽会的时候，王氏竟把此事当作笑话一样告诉宿介，宿介并非规矩人，这一点王氏不会不知道。宿介丢了绣花鞋，四处寻觅不得，把实情告诉王氏，王氏居然毫无表示。对于宿介调戏她的女友的事情，她居然漠然视之。

作为一篇公案小说，《胭脂》极尽曲折。古代的公案小说，不同于现代的侦探小说，它通常并不以破案作为悬念。罪犯放在明处，读者知道谁是凶手，不必费心去猜，悬念在人物的命运。《胭脂》一篇就是如此。案发的过程，凶手就是毛大，读者一清二楚。但鄂生蒙冤，胭脂误解鄂生，官员错判，使读者揪心。先是县里的初审，"鄂为人谨讷，年十九岁，见客羞涩如童子。被执，骇绝。上堂不知置词，惟有战栗。宰益信其情真，横加桎梏。书生不堪痛楚，以是诬服"。真所谓"棰楚之下，何求不得？"到郡司，"敲扑如邑"，当然是维持原判。与胭脂对质，"女轳诟詈，遂结舌不能自伸"。翻来覆去，"经数官无异词"，眼看一件冤案就要办成"铁案"。封建社会司法制度的弊病，刑讯逼供，重口供，轻证据，主观武断，嫌犯之缺乏民主权利，任人宰割，均暴露无遗。蒲松龄并没有现代人的法制观念和人权观念，没有犯罪嫌疑人的概念，但作品客观的暴露效果就是如此。直到济南府的吴公接手此案，才使案件有了转机。吴公也并非从调查研究、收集证据入手，他也是察言观色："一见鄂生，疑不类杀人者。"然后"阴使人从容私问之，俾得尽其词"。看来，前面的官员，连问都没有好好问，大概是不由分说，不承认就大刑伺候。关键在于，吴公抓住王氏不放，因为条条线索都通向王氏，审问王氏是破案的关键。但是，追究到宿介以后，吴公也犯了刑讯逼供的错误。于是，鄂生获释，而宿介蒙上杀人的罪名。最后，是学使施愚山心细，他分析，宿介虽然放纵无行，但未必杀人。于是，再审王氏，才慢慢接近事情的真相。真凶毛大浮出水面，最后真相大白。

这桩案件，差一点成为冤案错案，原因不在贪官，而在官员的草菅人命，渎职敷衍。其实，根源还在封建社会司法制度的弊病。蒲松龄感叹地说：

甚哉！听讼之不可以不慎也！……世之居民上者，棋局消日，绌被放衙，下情民艰，更不肯一劳方寸。至鼓动衙开，巍然高坐，彼哓哓者直以桎梏静之，何怪覆盆之下多沉冤哉！

我们读蒲松龄的文集，看蒲氏对当时司法的弊病有很细的观察，很深的体验。他在《官箴》中就尖锐地指出：

讼狱乃居官之要务，培阴骘，灭天理，皆在于此，不可不慎也。躁急污暴，固乖天和；淹滞因循，亦伤民命。一人兴讼，则数农违时；一案既成，则十家荡产，岂故之细哉！……每见今之听讼者矣：一票即出，若故忘之。摄牒者入手未盈，不令消见官之票；承刑者润笔不饱，不肯悬听审之牌。蒙蔽因循，动经岁月，不及登长史之庭，而皮骨已将尽矣。而俨然而民上也者，偃息在床，漠若无事，宁知水火狱中，有无数冤魂，伸颈延息，以望拔救耶！

正因为蒲氏对狱讼有如此痛切的感受，所以能够在小说中有那么深刻而生动的反映。

万生真天下之快人也

凡宗教，都要讲神通。神则不同凡俗，通则通达无阻，神通就是能够变化，能够具备非凡的能力、超自然的能力。佛教有五神通、六神通、十神通等各种说法。譬如五神通，包括宿命通、天耳通、他心通、天眼通、如意通。加上漏尽通，就是六神通。佛教的五神通，非常厉害，能够知道自己和他人的宿命，能听到世界上的各种声音，能知道他人心里在想什么，能看到世界发生的一切，能上天入地，出入三界。应该说，现代的高科技还没有达到这样的水平。如果科技能够达到五神通的水平，现代战争的理论和实践就要为之改观。在民间，则有所谓五通。从现有的材料来看，宋代的时候，主要在江浙一带，有所谓五通神的民间信仰。我们看南宋的诸多方志，如《淳熙三山志》《新安志》《会稽志》《咸淳临安志》，类书、笔记如《类说》《能改斋漫录》《宾退录》《暌车志》《括异志》，开始有了关于各地的五通庙、五通神的记载。由此可见，五通神是宋代开始在江浙、安徽一带流传的民间信仰。《西溪丛语》卷上就提到："绍兴府临街大楼，五通神据之，土人事之。"后来，又扩展到南方的更多的省份和地区，所以《江西通志》《湖广通志》《广西通志》里，也都提到了五通神的民间信仰。对于五通神，褒贬有一，有说好的，有说坏的。传统的文人，坚持孔子不谈怪力乱神的传统，说坏话的多，视五通神为邪神，视五通庙为淫祠，大儒朱熹的批评就很有代表性：

风俗尚鬼，如新安等处，朝夕如在鬼窟。某一番归乡里，有所谓五通庙，最灵怪。众人捧拥，谓祸福立见，居民才出门，便带纸片，入庙祈祝而后行。（《朱子全书》卷五一）

"朝夕如在鬼窟"，骂得非常恶毒，一股鄙视仇视之情，跃然字里行间。《能改斋漫录》卷一八中有《伍生遇五道神》一节，讲五道神化作五少年，伍生跟着其中的一个少年去其住所，看到"一室，四壁皆钉妇人婴儿，甚众。一室有囚无数，方拷掠号泣"，简直是人间地狱。

康熙二十三年（1684），理学名臣汤斌任江苏巡抚，"吴地楞伽山五通祠赛，祷无虚日。斌去神像投之石湖，奏闻永禁"（《江南通志》卷一一二）。汤斌的这一举动，得到康熙的赞扬和肯定。这件事情在当时影响很大，蒲松龄的文字交、当时的风雅主持王渔洋，他在《居易录》卷一八、《池北偶谈》卷四，均提到了这件事情，称五通为"五通邪神"。蒲松龄的《五通》一篇也是将五通神作为邪神来描写的。

小说一开始，就说："南有五通，犹北之有狐也。"将南方的邪神和北方的狐祟相提并论。我们知道，《聊斋志异》里塑造了许多美丽善良的狐女，但这里又是这么说，须知小说是因境生事，不可执一而论。这种地方，认真不得，你要较真，那就迂腐了。蒲松龄可能在这一篇小说里把狐狸精描写得非常可爱，在另一篇小说里可能就写狐狸精如何坏、如何害人。在这篇小说里，五通的主要罪状是淫占美妇。写的是吴商赵弘的妻子阎氏长得漂亮，被五通神看中，隔三岔五地来强奸阎氏。作者一面写五通神的横暴无耻，一面写赵弘夫妻的忍气吞声、羞缩恐惧。蒲松龄描写人物，非常注意人物的心理状态。阎氏身心受到极大摧残，"奄卧床榻，不胜羞愤。思欲自尽，而投缳则带自绝，屡试皆然，苦不得死"。作为丈夫的赵弘，他的男子汉的尊严也受到沉重的打击。夫妇两人束手无策，坐以待毙，这是在强暴恶势力面前的一种态度。

赵弘的表弟、会稽万生的出现，使事情出现转机。万生奋勇，刀劈五通，将其击毙。五通"颅裂而踣"，现出原形，"则一小马"。阎氏惧祸："诸神将至，为之奈何！"万生沉着冷静，"摇手，禁勿声。灭烛取弓矢，伏暗中"，严阵以待。五通神来了四五个，万生毫不畏惧，射死一个，剁死一个，化作两豕，余党也没有敢再来骚扰。

万生从此名声大震，木商某特地来宴请他。原来是五通神要强娶他的妹妹，求万生出力相助。万生"意气自豪"，承担下来。五通一来，一见万生，返身就跑。看来，邪不压正，两军相争勇者胜。万生紧追，"但见黑气如飞，以刀跃挥之"，五通竟被砍断一足，"大噪而去"。顺着血迹追去，五通已遁入江中。方志中说，五通庙亦有叫作龙宫庙，或五龙庙的，所以，五通大概是生活在水里。

这个故事告诉我们，平安不能乞求，面对恶势力的横暴，只有奋起和他拼命，凭靠一种有我无敌的气概，才能战而胜之，保护自己。

天下之宝，当归爱惜之人

　　小说中常常看到的是人与人的悲欢离合，但是，蒲松龄在《石清虚》里却写出一个人与石悲欢离合的故事。爱石如命的邢云飞，与充满灵气的石，写二者之间的知己之情、生死之情。不但士为知己者死，而且"石"亦为知己者死，这里面自然寄托着蒲松龄深刻的人生感慨。《聊斋志异》里有情痴、书痴、酒痴、花痴，《石清虚》一篇，又添上一位石痴。

　　作品可以分成三段。一是邢云飞喜获灵石；二是邢与灵石的悲欢离合，得而复失，失而复得，经历了三次劫难；三是邢死后，以石殉葬，石又为贼所劫，为官所得，最后，灵石粉碎，碎石归于邢墓。第一段是开场，第二段是核心，第三段是余波荡漾。

　　一个偶然的机会，邢云飞获得一块奇石，"四面玲珑，峰峦叠秀"，"每值天欲雨，则孔孔生云，遥望如塞新絮"。这里已经暗示读者，这块石头并不简单。

第一次考验很快就来临了。势豪某看中了奇石，竟强行抢夺，扬长而去。但是，势豪和灵石显然没有缘分，灵石堕河，"百计冥搜，竟不可见。"可是，邢云飞是得来全不费功夫。他到了灵石落水的地方，看到灵石就在水里。这第一次失而复得，使我们更加隐隐地感觉到灵石的非同一般。其中自然也反映了封建社会里以强凌弱的现象。

蒲松龄非常善于创造曲折的情节，他并没有急于安排第二次劫难，而是插进灵石"主人"的来访，使气氛又骤然地紧张起来。原来，来访的老叟是灵石的主人，他能够说出灵石的细微特征，说灵石前后有九十二个孔，孔中有五个字："清虚天石供"。灵石的来历确实不寻常，它竟是月宫里的摆设。邢云飞见老叟将灵石的细部特征说得如此明白，也不能不承认老叟的所有权。但是，他实在是太爱这块灵石了，他百般地恳求老叟将灵石留下。最后，老叟为邢云飞的真挚所感动，没有将灵石带走。老叟临别时对邢云飞说："天下之宝，当与爱惜之人。此石能自择主，仆亦喜之。"这是全文的点睛之笔。老叟又说，"然彼急于自见，其出也早，则魔劫未除。"你要保留此石，还要减寿三年，你愿意吗？邢云飞毫不犹豫地就答应了。他为了保留这块灵石，宁可缩短自己的寿命。九十二个孔，被老叟一捏，闭上了三个。原来，石上的孔数，就是邢云飞的寿数，这就把邢云飞对石的痴爱写到极点。孔数与寿数的关系，真是作者的神来之笔，它把邢的痴，他与石的缘分，巧妙地联系在一起。回头一琢磨，老叟的出现，有四方面的作用：一是介绍了灵石的来历；二是特意点明，灵石能够自择其主，灵石所选择的主人，当然是能够真正爱它的人；三是考验了邢云飞对灵石的感情；四是暗示了情节未来的发展，为即将到来的魔劫作了铺垫。这一段似乎也可以放在第一次劫难的前面，但是，那样的话，效果显然不如现在这样的处理。小说最怕直，最怕看头知尾，最怕读者未卜先知。

第二次劫难很快就降临了。窃贼将灵石偷走了，邢云飞"悼丧欲死"，四处寻觅，历经数年。结果，在报国寺销赃的窃贼，被邢云飞撞个正着。送到官府，因为邢云飞能够说出那五个字和三指痕，所以窃贼败诉，灵石又物归原主。这里，"卖石者能言窍数"，"邢乃言窍中五字及三指痕"，这是关键的细节，使邢云飞打赢官司的经过显得非常合理可信。蒲松龄在这些地方，总是显得非常的细心、非常的耐心，滴水不漏，天衣无缝。第二次失而复得以后，邢云飞对灵石更加爱惜："裹以绵，藏椟中，时出一赏，先焚异香而后出之。"

第三次劫难接踵而至。尚书某要出百金收购灵石，邢云飞坚决不卖，表示"万金不易"，这块灵石已经是他生命的一部分。尚书收购不成，便以事中伤，将其逮捕入狱。妻子为了营救丈夫，无奈之下，将灵石献给尚书。邢出狱，得知灵石已经献给尚书，"骂妻殴子，屡欲自经"。正在绝望之时，灵石托梦给他，让他不要悲伤，明年八月二十日，你到海岱门，用两贯钱就可以买到。再说，灵石到了尚书家，就没有灵气了，孔窍里不出云了，尚书家也就不太珍惜。第二年尚书贬官，家人窃石出卖。邢云飞果然在海岱门买到了灵石。

　　故事到这里似乎已经可以结束了，但蒲松龄不甘心这样平淡的结尾。他还要利用荡漾的余波，给读者想象不到的尾声。灵石的九十二个孔，被老叟塞去三个，所以邢云飞活到八十九岁。他的儿子遵守父嘱，将灵石殉葬，好像唐太宗临终时嘱咐，要将他最喜欢的王羲之《兰亭序》书帖殉葬一样。盗墓贼将灵石盗去，邢云飞显灵，盗墓贼被执送官府，谁知官看了，很是喜欢，想把灵石留下。结果，石忽然堕地，碎为数十片。邢的儿子收拾碎石，仍葬在父亲的墓里。这是非常具有象征意义的结尾，可以说是余音袅袅。邢云飞舍命也要救石，而灵石则粉身碎骨也要归于邢云飞。这就是人和石之间的一种知己之情、生死之情，蒲松龄是借此来讴歌一种生死不渝的真情。

人间百态

　　《聊斋志异》的描写，遍及三教九流，写尽人间百态。《考城隍》《锺生》《陈锡九》《水灾》，写纯孝感动神明。《瞳人语》《黎氏》《霍生》写轻薄之戒。《祝翁》写弥留光景，所挂念者，床头之人耳。《种梨》写吝啬之报。《偷桃》写杂技之惊心动魄。《崂山道士》写娇惰不能吃苦的故家子。《鸦头》《细侯》写矢志靡他的雏妓。《长清僧》写僧人的定力。《蛇人》写人与蛇之间的感情。《娇娜》写恋情转化为友情。《口技》写口技的出神入化。《野狗》《公孙九娘》暗写于七之案杀人如麻的惨象。《库官》写富贵在天。《叶生》《贾奉雉》《司文郎》写落第举子的辛酸和愤懑。《妾击贼》写贤妾、悍妻。《王成》写一善之报。《小翠》写无心之善，涌泉相报。《青凤》写狂生死缠烂打，追逐少女，终于如愿。《婴宁》写少女之天真烂漫、千姿百态的笑。《海公子》写蛇精化成美女惑人。《丁前溪》写侠义好施。《侠女》写女子复仇。《莲香》写三角恋爱。《阿宝》《青娥》写情痴情种。《九

　　　　　　　　　　　　聊斋的狐鬼世界

山王》《遵化署狐》写用心良苦的报复。《红玉》写地方豪强之横行乡里。《老饕》写江湖上的强中更有强中手。《庚娘》写女子复仇。《田七郎》写急人难、重然诺的侠义。《促织》写人不如虫，写吏治的腐败。《蹇偿债》写变驴偿债。《头滚》写杀身之兆。《席方平》写吏治的黑暗，歌颂百折不回的反抗精神。《续黄粱》写名利之徒的黄粱美梦。《妖术》《念秧》《局诈》写骗术。《柳氏子》写贪占他人之财，他人化作忤逆子而报复之。《骂鸭》写小窃受惩。《金生色》写寡妇年少难守。《大力将军》写厚施不望报答，报答慷慨豪爽。《凤阳士人》写离思结梦。《堪舆》写求堪舆而图富贵之可鄙。《窦氏》写始乱终弃之获报。《秦生》写同病相怜。《武孝廉》写负恩获报。《马介甫》写惧内。《狼三则》写人与狼的斗智斗勇。《江城》《邵女》《邵临淄》《阎王》写悍妻。《云翠仙》写无赖得贤妻，卖妻而获恶报。《颜氏》写才女女扮男装，赴考高中，为女子扬眉吐气。《胡四娘》写世态炎凉。《冤狱》写司法之黑暗。《医术》写医生无术而有缘，歪打正着。《菱角》写一对恋人乱离中的悲欢离合。《向杲》写化虎复仇。《聂政》写聂政显灵，抱打不平。《梦狼》写贪官如狼似虎。《姚安》写姚安杀妻图娶，又以多疑杀继室，破产贫困而死。《崔猛》写侠义抱打不平事。《诗谳》《折狱》写智破疑案。《大鼠》写大勇若怯，大智若愚。《王司马》写兵不厌诈。《于中丞》写清官破案。《王子安》写久试不售的迷狂心态。《刁姓》写"虽小道，亦必有过人之才"。《农妇》写健妇作为。《金陵乙》写贪财好色之报。《乔女》写丑女品德高尚，有侠义之心。《布商》写恶僧假佛营私，杀人灭口，遭到恶报。《三生》写落第举子怨毒之深。《胭脂》写公案而穿插爱情。

虽然写遍三教九流，写尽人间百态，但是，蒲松龄不写他不熟悉的生活和人物。他很聪明，他是天才，却不逞才。他写了那么多形形色色的女子，基本上都是小家碧玉，很少有大家闺秀。他写了那么多男子，主角大多是秀才，大多是平民，很多是贫民。写了很多墨吏贪官，却很少写高官。他对弱势群体充满同情，所以他的笔端饱蘸感情，爱憎分明。

难能可贵的是，蒲松龄对于人间百态中的世故人情，把握得非常准确，对各种人物在某种特定处境中的心理活动，把握得十分细腻，他好像一个出色的心理学家。《红楼梦》中，秦可卿的上房，有一副对联："世事洞明皆学问，人情练达即文章。"用在蒲松龄身上，非常恰当。

《聊斋志异》近五百篇作品，并非都是小说，有些像寓言，有些像特写。如《地震》写震后种种现象，就像纪实特写。但是，有一个共同的特点，就是搜奇觅异，如书名所标："志异"，这是继承了《搜神记》的传统。难怪他在《聊斋自志》里说自己"雅爱搜神"。《聊斋志异》中的作品，绝大部分是小说，是小说意识很强的小说，这一点和六朝的志怪、唐人的传奇形成了很明显的区别。唐人的传奇也表现出一定的小说意识，但远没有《聊斋志异》如此自觉。蒲松龄的小说，加强了惩恶扬善的伦理色彩。故事更曲折，人物的思想性格更鲜明，写到了人物的灵魂深处，包含了更加丰富的社会内容。

除了爱，什么都不要

　　《聊斋志异》中有很多艳遇的故事，没有青梅竹马，只有一见钟情。方栋见车内"二八女郎，红妆艳丽，尤生平所未睹"，便"目眩神夺，瞻恋弗舍"。(《瞳人语》)朱孝廉见画壁散花天女，"内一垂髫者，拈花微笑，樱唇欲动，眼波将流"，便"神摇意夺，恍然凝想"。(《画壁》)

　　故事发生的地点，或是一所空宅、废宅，门自开掩。或是一座荒庙，荆棘丛生，蓬蒿没人，《聊斋志异》中相当多的故事发生在寺庙里。或是挨着坟场，"白杨萧萧，声如涛涌"。或者竟是一所凶宅，冤鬼游魂，出入其中。或是道中邂逅，萍水相逢，跟踪尾随，无所顾忌。

　　角色的分配。或狐鬼是雄性，而女的是人，则狐鬼便是淫狐淫鬼，是惩罚的对象。结果呢，往往是不得好死。这一类故事因袭传统的志怪模式，没有出色之处。如《农人》《泥书生》《贾儿》。或男的是人而女方是雌狐女鬼，这种情况在《聊斋志异》中比较常见。这种角色分配说明什么呢？说明蒲松龄多半是自觉不自觉地站在男性的立场上考虑问题的。人间的女子不能让狐鬼去占有，而狐魅花妖却可以满足人间男子的种种欲望，解决他们的各种难题。像《画皮》中那种吃人的女鬼、《董生》中害人的狐女，在《聊斋志异》中很少。人们常说《聊斋志异》中的狐魅花妖"多具人情"，这诚然是不错的，但是与此同时，蒲松龄内心深处对狐鬼和人还是分得很清的。

《聊斋志异》的故事中，佻达狂生，偶傥书生，风狂儿郎，独得作者青睐。《瞳人语》中："长安士方栋，颇有才名，而佻达不持仪节。"《捉狐》中："孙翁者，余姻家清服之伯父，素有胆。"《狐嫁女》中："历城殷天官，少贫，有胆略。"《青凤》中："耿有从子去病，狂放不羁。"见到美女青凤，口出狂言："得妇如此，南面王不易也！"耿生的狂，狂得连青凤的叔都怕他，只好搬走。《鲁公女》中："招远张于旦，性疏狂不羁。"《李伯言》中："李生伯言，沂水人。抗直有肝胆。"《泥鬼》中：唐太史"童年磊落，胆即最豪"。《辛十四娘》中："广平冯生，正德间人。少轻脱，纵酒。"《捉鬼射狐》中：李公"为人豪爽无馁怯"。《胡四相公》中：张虚一"性豪放自纵"。明知宅有狐，偏向狐宅去。有好奇之心，无恐惧之意。《酒狂》中：题名就带"狂"字。缪永定，"素酗于酒"，"滑稽善谑"，"使酒骂座"。《武技》

中：李超"豪爽，好施"。蒲松龄的东家毕际有，被蒲松龄编进小说，"余友毕怡庵，倜傥不群，豪纵自喜"。《章阿端》中：卫辉戚生，"少年蕴藉，有气敢任"，凶宅也照住不误。《花姑子》中：安幼舆，"为人挥霍好义"。《黎氏》中："龙门谢中条者，佻达无行。"《云翠仙》中：梁有才，烧香见女郎，"年十七八而美"，死缠烂打。《小谢》中：陶望三，"夙倜傥，好狎妓，酒阑辄去之"。《林氏》中："济南戚安期，素佻达，喜狎妓。"《冤狱》中："朱生，阳谷。少年佻达，喜诙谑。"《鬼令》中："教谕展先生，洒脱有名士风。然酒狂，不持仪节。"读完以后，闭目一想，佻达狂放之士，悉数登场，历历如在眼前。

艳情故事中，男主角的性格，更是或痴或狂，或者是痴而兼狂。《青凤》中的耿生，《胡四姐》里的尚生，《葛巾》里的常生，都是狂得要命。唯其又痴又狂，有一股不听邪的劲头，才能冲破"男女授受不亲"之大防，给艳情故事以强劲的推动力。这里有一点作者自己的影子。《聊斋自志》中就坦承："湍飞逸兴，狂固难辞；永托旷怀，痴且不讳。"虽然没有行动，心动却是事实。虽然我们不能把作品中的人物等同于作者本人，但我们从作品对人物的描写中可以体会出他的倾向。在大部分故事里，作者显然是带着微笑、带着宽容来写这些艳情故事中的男主角。

《聊斋志异》中的美女，平均年龄很小。《画皮》中的女鬼，"二八姝丽"。《画壁》中的美女，方垂髫之时。《瞳人语》中，轿子里坐的，是"二八女郎"，娇娜"年约十三四"，青凤"才及笄"，即十五岁。《董生》里的狐女，"韶颜稚齿，神仙不殊"。婴宁"年已十六"，聂小倩是一个"十七八女子"，与公孙九娘、云翠仙、小谢同岁，寇三娘"年约十四五"，胡四姐"年方及笄"，侠女"年约十八九"，林四娘、秋容、舜华年二十，算是大龄女青年。《莲香》中的李氏，"年仅十五六"，巧娘"年可十七八"。《狐联》中两个狐女，"一可十七八，一约十四五"。连琐年十七。《小二》中的小二，年十五，"绝慧美"，辛十四娘年十五，伍秋月"年可十四五"，蕙芳"年可十六七"，小翠"年二八矣"，胭脂年十五。

只要是美女就可以，明知对方是狐是鬼，也在所不计。嘉平公子"始知为鬼，而心终好之"。(《嘉平公子》)桑生知莲香是狐、李氏是鬼，而不能舍弃。(《莲香》)冯生认为，"若得佳人，狐亦自佳。"(《辛十四娘》)程生遇丽人，丽人告诉他："妾非鬼，狐也。"程曰："倘得佳人，鬼且不惧，而况于狐。"(《青梅》)莱阳生明知公孙九娘是鬼，看到九娘的美貌，也就欣然同意和她结成伉俪。(《公孙九娘》)朱公见狐，"容光艳绝，心知其狐，而爱好之，遽呼之来"。(《汾州狐》)陈公夜晚独坐，有女子来，"视之，不识，而艳绝，长袖宫装。公意其鬼，而心好之。捉袂挽坐"。(《林四娘》)韩光禄的仆人，夜晚见灯，灯化为犬，又化作女。仆"心知其狐"，不以为怪，"遂共宿止，昼别宵会，以为常"。(《犬灯》)戚生进凶宅，见一美丽女鬼，便搂在怀里。鬼女笑他："狂生不畏鬼耶？将祸尔死！"（《章阿端》）王鼎遇美人伍秋月，"虽知非人，意亦甚得"。（《伍秋月》）于璟遇绿衣女，"绿衣长裙，婉妙无比"，"于知非人，遂与寝处"。（《绿衣女》）封云亭明知梅女是缢鬼，只是见她"姿态嫣然"，便"爱悦之，欲与为欢"。（《梅女》）徐生设帐施家，看上施家"风致韵绝"的婢女爱奴。后来，知爱奴与施老一家均是鬼魂，仍不忍舍弃爱奴。作者在是篇的"异史氏曰"中自谓"艳尸不如雅鬼"。（《爱奴》）晏仲游冥间，中意湘裙，其亡兄劝他："地下即有佳丽，恐于弟无所利益。"晏仲却说："古人亦有鬼妻，何害？"（《湘裙》）舜华告诉张鸿渐："妾，狐仙也。与君固有夙缘。如必见怪，请即别。""张恋其美，亦安之。"（《张鸿渐》）原因很简单，因为是狐是鬼，均不影响男方欲望的满足。

这些狐女和鬼女除了爱，什么都不要。她们一没有财产的考虑，二没有门第的观念，不会给男方出任何难题，男方也不用担心有什么不好的后果。相反，她们为男方解决各种难题。《狐谐》里的阿福爱上一位狐女，"凡日用所需，无不仰给于狐"。这位狐女诙谐风趣，谈笑风生，善解人意，是闺阁中理想的谈友。《章阿端》里的鬼女端娘还帮助戚生和已故的妻子见面。《双灯》中的狐女自嘲地对情人说："痴郎何福，不费一钱，得如此佳妇，夜夜自投到也。"况且《双灯》中的男主角是有妻室的，狐女心甘情愿地给他当二奶，不要一分钱。《毛狐》里的农子马天荣，得到了狐女的爱，又对狐女提出经

　　　　　　　　　　　　聊斋的狐鬼世界

济的要求："既为仙人，自当无求不得。既蒙缱绻，宁不以数金济我贫？"不以美色为知足，还要财色双得。他又嫌狐女不够漂亮，狐女嘲笑他说："吾等皆随人现化。子且无一金之福，落雁沉鱼，何能消受？以我蠢陋，固不足以奉上流；然较之大足驼背者，即为国色。"狐女的这番话，不禁使人想起晏子使楚。《翩翩》里的仙女翩翩，为罗子浮治病，做了他的妻子，给他制衣，饮食，为他生儿子。《云翠仙》里的梁有才，非常轻薄，死缠烂打，如愿而得云翠仙。家中空无所有，云母见此情况，说"似此何能自给？老身速归，当小助汝辛苦"。"次日，有男女数辈，各携服食器具，布一室满之。"

　　《聊斋志异》中的狂生之追逐美女，一般采用死缠烂打的战术，不达目的，决不收兵。男主角或是有妻室的，但作者不管这些，依旧放手让他去追。他们的妻子常常是睁一眼闭一眼，听之任之，置若罔闻。至多是"惧为厉蛊"，全是为丈夫着想。蒲氏之多为男子着想，亦由此可见一斑。他们一见到美人，只要"四顾无人"，不管对方愿意不愿意，便迫不及待地提出性要求，或是"遽拥之"，"欲与为欢"，或是"探手于怀，接唇为戏"，或是"惊喜拥入，穷极狎昵"，或是"灭烛登床，狎情荡甚"。个个色胆包天，人人如狼似虎。常常是连对方的姓名还不知道，就把人抱入怀中。(《画壁》)往往是"不暇细审，遽前拥抱"。(《封三娘》)安幼舆看到"芳容韶齿，殆类天仙"的花姑子，乘家长不在，就欲行强暴。在这里，只看到貌的吸引和性的冲动。礼教的顾忌虽然没有，但责任和后果也抛到九霄云外。《聊斋志异》中的男主角常常是得陇望蜀，坐拥双美，妻妾关系往往很和谐，娇妻美妾，相安无事。(《莲香》《陈云栖》《胡四姐》《封三娘》《巧娘》《青梅》《竹青》《连城》《嫦娥》《萧七》《香玉》《小谢》) 范十一娘主动建议封三娘："吾姊妹，骨肉不啻也，然终无百年聚。计不如效英、皇。"十一娘要和封三娘同做孟生的妻子。封三娘死活不肯，孟生和十一娘设计，将封三娘灌醉，"生潜入污之"。做妻子的如何处理和妾的关系呢，蒲松龄在《恒娘》一篇中开出"欲亲反疏"的药方，也就是给对方空间的办法。"朝夕而絮聒之，是为丛驱雀，其离滋甚耳！"先得贤名，不闻不问，高自位置，欲迎先拒。"因所好而投之。"结论是："人情厌故而喜新，重难而轻易。丈夫之爱妾，非必其美也。"

　　　　　　　　　　　　聊斋的狐鬼世界

亦真亦幻

《聊斋志异》取得巨大成功的秘密是什么？秘密在于作者如何处理真和幻的关系。

《聊斋志异》中，有些作品完全没有超现实的因素，譬如《胭脂》。没有狐狸精，没有鬼怪，一切都是现实生活中可能发生的事情。有些作品完全采用纪实的手法，譬如《地震》，已经不是小说，而是变成特写，有点像现在的新闻报道。有些作品，只是稍作夸张，譬如《口技》。可是，从艺术上看，这些作品虽然很出色，却并非蒲松龄最有代表性的作品。蒲松龄对小说的贡献主要不是这一类作品，《聊斋志异》对小说的贡献在于那些狐魅鬼怪的故事。

以屈原为代表，中国古代的诗人，早就懂得利用超现实的浪漫想象来表现自己的理想和情感。小说因为其搜奇觅异的本性，更是以神话为起点，以超现实的想象开始了自己的漫漫征程。从神话到志怪，从志怪到传奇，中国古代的小说始终没有抛弃这一权利。即便是以写实见长的《红楼梦》，也没有放弃超现实的浪漫想象。

超现实的情节和环境对人物是一种异常的考验。在这种考验中，人物的思想性格，尤其是人物的心理活动，得到充分的展示。因为是现实生活中不可能具有的考验，所以自然地获得一种陌生的美感。小说家由此而获得一个新的表现人物、演绎人生的巨大空间。《聊斋志异》写尽人间百态，但是，这些题材也都有人写过。然而，因为蒲松龄引入了超现实的因素，扩大了人物"生活的空间"，也就带来了新的故事，人物的悲欢离合获得了新的展示平台。

如何使超现实的情景给人一种非常"真实"的感觉，这是小说家要解决的任务。在《聊斋志异》诞生以前，志怪和传奇已经为蒲松龄积累了丰富的经验，而蒲松龄则以其深厚的生活基础，杰出的艺术天才，将这一种传统发扬光大，使其达到登峰造极的水平。

有意地模糊真实和虚幻的差别、现实和超现实的区别，是第一个要点。从审美的趋向来说，诗歌有朦胧诗，最典型的是李商隐的那些《无题》诗，美丽而又朦胧，缠绵而又含糊。意象的指向难以落实，从而取得一种意想不到的丰富和美丽。小说家则是情节、人物、环境三个方面，故意地模糊真幻，在真实与虚幻的融合中取得一种真幻相间的美。《聊斋志异》在这一点上取得了巨大的成功。

从角色的设计来看，这些作品中，现实的人物和超现实的人物同时存在。它与《何典》这种小说不同，《何典》是一个鬼的世界，虽然是以鬼写人，以鬼的世界来写世态，但作者不追求真幻相间的效果。给人的感觉，作者处处在写鬼，却又处处在写人，写世态。《聊斋志异》则继承志怪和传奇的传统，创造了一个真幻相间的世界。我们读《西游记》，几乎完全进入一个神魔世界。里面也会时不时出现几个凡人，但都微不足道，没有给人留下多少印象。就整体的印象来说，真幻相间的感觉并不突出。《聊斋志异》则不同。譬如《司文郎》一篇，王平子、余杭生是现实的人，宋生是鬼魂，瞽僧是半仙式的人物。再如《娇娜》一篇，娇娜是狐女，孔生是人。又如《莲香》一篇，桑晓是人，李氏是鬼，莲香是狐。狐鬼神怪本身，虽然会有各种随之而来的神异怪谲，但是，他们的思想性格、心理活动，与人完全没有区别。他们与人一样，也有爱，也有恨，也有喜怒哀乐。关于这一点，人们已经谈得很多。故事里所涉及所渗透的世态人情，也与现实的世界没有区别。在《凤仙》一篇的"异史氏曰"里，蒲松龄自己就说出了这个秘密："冷暖之态，仙凡固无殊哉！"

从人的角度去看鬼、看狐、看神，这是《聊斋志异》的一个要点，这一点是继承了志怪和传奇的传统。这一点是和《西游记》不同的，《西游记》是从孙悟空以及取经人的角度去看神仙、看妖魔鬼怪。取经人中，只有唐僧是肉体凡胎，孙悟空、猪八戒和沙僧都是神魔。《聊斋志异》是人和鬼怪神魔混在一起，真幻相间的色彩更加强烈，现实和超现实的因素融合在一起，难解难分。

从情节上看，《聊斋志异》的作品，或是从现实世界，不知不觉地，便走进了超现实的世界，最后又回到现实世界。譬如《席方平》一篇，就是如此。先是在人间，然后到了阴间，逐级上告，终于昭雪冤屈，回到人间。或是以现实世界为背景、为基础，不时地穿插超现实的情节，这是《聊斋志异》中大部分作品采取的手法。譬如《促织》一篇，征缴促织是一个整体的现实的背景，成名一家的命运起伏是中心的线索，儿子的灵魂变成了一头促织是个超现实的情节，这一情节成为整个故事的关键。如果把儿子魂变促织这一超现实的情节去掉，这个故事就将失去所有的精彩。通过这一情节，揭示出人不如虫的社会悲剧。超现实的人物、情节将要出现的时候，往往是在梦里、在病中、在大醉之中、在神志恍惚之中。《画壁》中的朱孝廉，在"神摇意夺，恍然凝思"的情况下，"身忽飘飘，如驾云雾，已到壁上"。王子安大醉之中，便有两只狐狸来捉弄他。与此同时，作者不时地布设疑点，暗示超现实的因素已经出现或是将要出现。《考城隍》一篇，宋公见吏人来请他赴试，宋公很奇怪："文宗未临，何遽得考？"这是预设伏笔，暗示宋公将赴阴间。《莲香》一篇，先有东邻生的恶作剧，使桑晓放松了警惕戒备之心，然后才有莲香的冒充妓女，李氏的冒充良家女。如果去掉东邻生调笑桑晓的这一段铺垫，整个故事就会逊色不少。《凤阳士人》中，士人妻期盼心切，"才就枕，纱月摇窗，离思萦怀"，于是就有丽人来邀请她。

　　《聊斋志异》中超现实的情节，往往糅合了现实的生活体验，

　　　　　　　　　　　　　　聊斋的狐鬼世界

使超现实的情节获得一种"真实感"。譬如席方平在地狱受刑的细节描写，席方平受锯刑，"遂觉锯锋曲折而下，其痛倍苦"。受刑以后，"席觉锯缝一道，痛欲复裂"。小鬼为他的孝道所感动，送他一条丝带，席方平"受而束之，一身顿健，殊无少苦"。这里显然融合了一般人对伤痛的体验。再如，娇娜为孔生切割肿块，康复的速度之快自然是超现实的，但是，手术以后，伤口恢复的感觉，"再一周，习习作痒"，利用了人们伤口愈合时的体验。

迷信中包含着丰富的想象力，在社会上造成一种心理定式。蒲松龄剔除其中的荒谬和恐怖，汲取其想象力，酿造出美丽的艺术的花朵。而迷信带来的心理定式加强了超现实想象的可信度，使读者轻易地就接受了超现实的情节。譬如《聊斋志异》中的鬼，常常是听到鸡鸣就匆匆离去。鬼与人交，会影响人的健康。溺鬼要投胎变人，必须找到替死的鬼。亵渎神灵会遭到报应。物老可以成精。生前作恶，死后要下地狱。心术不正，法术就可能不灵。如此等等。迷信带来种种约定俗成的心理定式，小说家巧妙地利用这种心理定式，创造出离奇的故事。

《聊斋志异》中，每个作品中超现实因素所占的比重是很不平衡的。像《席方平》这样的作品，故事基本上都在阴间进行。像《瞳人语》这样的作品，引人注目的是造成"白内障"的两个小人。像《画壁》这种作品，主要是故事是画中美人所引起。这些作品如果将超现实的因素除去，则全部故事将不复存在。

鬼的逻辑

《聊斋志异》里常常写到鬼。世界上并没有鬼，但是，有无数关于鬼的迷信，这些迷信里包含着许多约定俗成的逻辑，蒲松龄在写鬼的时候，没有忘记这些约定俗成的逻辑，相反，他要充分利用流行的逻辑，来使人觉得他写的鬼非常像鬼。

迷信说法，人之将死，阎王便派勾命人来勾魂。如果鬼使人手不够，可以勾摄阳间之人代为服役。《聊斋志异》里就常常出现勾命人的形象，《梦狼》里，还有代为服役的丁某。

人一死，尸体就会逐渐地冷下去，所以，在一般人的想象中，鬼是冷的，冰冷冰冷。《世说新语·忿狷》便提到，王胡之去拉王恬的臂，王恬很不高兴地说："冷如鬼手馨，强来捉人臂。"《咬鬼》一篇，写女鬼压在某翁腹上，"以喙嗅翁面，颧鼻额殆遍。觉喙冷如冰，气寒透骨"。《莲香》一篇，桑晓握女鬼李氏的手，"冷如冰"，桑晓问怎么回事，李氏说："幼质单寒，夜蒙霜露，那得不尔！"蒙混过

　　　　　　　　　　　　　聊斋的狐鬼世界

去。后来，李氏问桑晓，她和莲香比，谁美，桑晓说："叮称双绝。但莲卿肌肤温和。"

鬼是轻飘飘的，所以《搜神记》卷一六有《宋定伯》一篇，写宋冒充鬼，与一鬼去宛市，宋和鬼交替背着走，鬼奇怪宋怎么这么重，怀疑宋不是鬼。宋掩饰说，他是新鬼，所以身重，蒙混过去。宋背鬼的时候，果然觉得非常轻。《鲁公女》里，张于旦抱起女鬼，"如抱婴儿，殊不重累"。《莲香》中，桑生抱起李氏，"身轻若刍灵"，像殉葬的茅草人一样轻。

女鬼可以大胆地追求爱情。《鲁公女》一篇，张于旦说："生有拘束，死无禁忌。九泉有灵，当姗姗而来，慰我倾慕"。说出了这个秘密。

迷信认为，人与鬼交，会损害人的健康。所以《聊斋志异》中，凡属可爱的女子，大多是狐女，如婴宁、莲香、青凤、娇娜、青梅、狐娘子、辛十四娘、小翠、鸦头、封三娘，而鬼女较少。如果是鬼女，或者是不能长久，如公孙九娘、章阿端；或者是先曾害人，如《水莽草》里的寇三娘；或者是转世为人，始得与人长为夫妇，如《莲香》中的李氏；或是借男子的阳气人气，慢慢地变成无害之体，如伍秋月、聂小倩。《小谢》中的秋容和小谢是《聊斋志异》中写得最可爱的女鬼，顽皮活泼。陶生开始说："阴冥之气，中人必死。"陶生与二女经历了一段患难与共的日子以后，提出"今日愿与卿死"，二女却婉拒道："向受开导，颇知义理，何忍以爱君者杀君乎？"这是写二女的善良，是真正为陶生着想。最后是秋容和小谢都转世为人以后，才先后与陶生结合。《连琐》里，杨于畏求欢连琐，连琐拒绝说："夜台朽骨，不比生人，如有幽欢，促人寿数。妾不忍祸君子也。"《莲香》里的鬼女李氏就不明白这一点，桑晓与她交往一段时间，莲香说他"神气萧索"。又过了一些时候，莲香说他"脉析析如乱丝，鬼症也"。桑晓不听莲香的警告，继续与李来往，两月以后，"日渐羸瘠，惟饮馕粥一瓯"。不久，竟"沉绵不可复起"。

狐狸精作祟害人，是流传民间的迷信。但《聊斋志异》中的很多狐女，却并不害人，还会救人。蒲松龄借莲香之口解释说，害人的狐，"是采补者流，妾非其类。故世有不害人之狐，断无不害人之鬼，以阴气盛也"。将狐一分为二，有害人的，有不害人的，这就堵上了漏洞。

鬼一般晚上出来活动，听到鸡叫就消失。《土偶》里马某，死后，犹来阳间与妻子相聚，"遂燕好如平生，鸡鸣，即下榻去"。《莲香》中，"李听鸡鸣，彷徨别去"。《小谢》里二女鬼，一为秋容，一为小谢，晚上来和陶生闹腾，"鸡既鸣，乃寂无声，生始酣眠，终日无所睹闻。日既下，恍惚出现"。《王六郎》里，溺鬼王六郎"听村鸡既唱，洒泪而别"。

迷信的说法，鬼可以借尸还魂，《小谢》里的秋容，便乘人丧女出殡，借尸复活。

聊斋的狐鬼世界

视觉以外

　　人之接触、感知外部世界，视觉最为紧要，所以人说，要像保护眼睛一样保护珍贵的东西。但是，视觉以外，听觉也非常重要，耳朵不好，也很不方便。其次便是触觉、嗅觉。蒲松龄的《聊斋志异》，视觉以外，兼写听觉、触觉、嗅觉，给人以丰富的想象空间。

　　《聊斋志异》非常善于渲染气氛，往往鬼未出现，已是鬼气拂拂，狐未露面，已是神秘诡谲。其中声音的描写非常重要，山魈欲现，"忽闻风声隆隆，山门豁然作响。窃谓寺僧失扃。注念间，风声渐近居庐，俄而房门辟矣。大疑之。思未定，声已入屋。又有靴声铿铿然，渐近寝门。心始怖。俄而寝门辟矣"。（《山魈》）蛇精将来，"忽闻风萧萧，草木偃折有声"。（《海公子》）鬼女连琐出场前，作者有如下描写："斋临旷野，墙外多古墓。夜闻白杨萧萧，声如涛涌。"耿生与青凤的一次不期而遇，作者这样描写狐女的出现："次夜，更既深，灭烛欲寝，闻楼后发扃，辟之坪然。生急起窥觇，则扉半启。俄闻履声细碎，有烛光自房中出。视之，则青凤也。"门声、履声，加上摇曳的烛光，有气氛，有心情，写来情景如画。本来，耿生求婚遇阻，心情懊丧，复见青凤，转瞬之间，柳暗花明。《画皮》里的女鬼，被道士追击，"人皮划然而脱"。道士杀死女鬼，将人皮卷起来，"如卷画轴声"，使人如闻其声，对那张可怕的人皮有了一种质感。《司文郎》里的瞽僧，闻到第六篇文章，也就是余杭生座师的文章时，"忽向壁大呕，下气如雷"。有听觉，有嗅觉，可以想象文章之臭。《席方平》写席方平受锯刑的痛苦："遂觉锯锋曲折而下，其痛倍苦"，"席觉锯缝一道，痛欲复裂"。这是写触觉，利用了人们对伤痛的感受。《口技》一篇，全写听觉。由听到的各种声音来想象，好像一幕广播剧。桑生一握李氏的手，冰凉，这是对鬼女的身份的暗示。作者写婴宁生活的环境：

乱山合沓，空翠爽肌，寂无人行，止有鸟道。遥望谷底，丛花乱树中，隐隐有小里落。下山入村，见舍宇无多，皆茅屋，而意甚修雅。北向一家，门前皆丝柳，墙内桃杏尤繁，间以修竹，野鸟格磔其中。……有巨石滑洁，因据坐少憩。

"空翠爽肌""有巨石滑洁"是触觉，"野鸟格磔其中"是听觉，"寂无人行"是兼写视觉和听觉。这种山野景色与婴宁"原生态"的性格非常和谐。《娇娜》一篇，写娇娜为孔生做手术的过程：

女乃敛羞容，揄长袖，就榻诊视，把握之间，觉芳气胜兰。女笑曰："宜有此疾，心脉动矣。然症虽危，可治。但肤块已凝，非伐皮削肉不可。"乃脱臂上金钏安患处，徐徐按下之。创突起寸许，高出钏外，而根际余肿，尽束在内，不似前如盆阔矣。乃一手启罗衿，解佩刀，刃薄于纸，把钏握刃，轻轻附根而割。紫血流溢，沾染床席。……未几，割断腐肉，团团然如树上削下之瘿。又呼水来，为洗割处。口吐红丸，如弹大，着肉上，按令旋转：才一周，觉热火蒸腾；再一周，习习作痒；三周已，遍体清凉，沁入骨髓。

这里有孔生的视觉、触觉、嗅觉印象，有孔生的心理感受，给人深刻的印象。

《西湖主》一篇，写水宫景象："忽而笙管嗷嘈，阶上悉践花罽，门堂藩溷，处处皆笼烛。数十妖姬，扶公主交拜。麝兰之气，充溢殿庭。"

《惠芳》一篇，写马二混娶惠芳。马家穷，惠芳自带二婢，其一为秋月，其一为秋松。秋月出一革袋，摇了几下，"已而以手探入，壶盛酒，桦盛炙，触类熏腾。饮已而寝，则花罽锦裯，温腻异常"。视觉、嗅觉、触觉俱全。

《九山王》一篇，写焚烧狐宅的惨象："焰亘霄汉，如黑灵芝，燔臭眯不可近；但闻呜啼嗥动之声，嘈杂聒耳"。冲天的火光，死狐的恶臭，狐狸被烧的惨叫，读来如在眼前。

纤足和绣花鞋

陶渊明有一首《闲情赋》，赋中说，为了接近心上人，"愿在衣而为领"，"愿在裳而为带"，"愿在发而为泽"，"愿在眉而为黛"，"愿在莞而为席"，"愿在丝而为履"，"愿在昼而为影"，"愿在夜而为烛"，"愿在竹而为扇"，"愿在木而为桐"。这些浮想联翩有一个共同的特点，都是要贴近女子的身体，已经超出精神的追求，难怪昭明太子要遗憾，指其为"白璧微瑕"。陶渊明是性情中人，昭明太子是一位拘谨的人，自然理解不了。《闲情赋》里这一大堆的"胡思乱想"中，便有"愿在丝而为履"一条，这是注意到女子的脚了。诗人希望变成女子的鞋，目的当然是贴住玉趾，"一近芳泽"。白居易《杨柳枝二十韵》，有"绣履娇行缓，花筵笑上迟"之句。大历时，夏侯审《咏被中睡鞋》云："云里蟾钩落凤窝，玉郎沉醉也摩挲。"杜牧《咏袜》则有"钿尺裁量减四分，纤纤玉笋裹轻云"之咏。真是人同此心，心同此理。如果是弗洛伊德生前知道，必定会把这些诗赋作为潜意识的范例写进他的大作。

时代不同，审美的眼光和标准也不同。明清时代，一个女子的美不美，那双脚非常重要。因为有这种风气，所以明清的小说，尤其是通俗白话小说，都注意到了女子的纤足和绣花鞋。脚好像是越小越美，越能讨男人的喜欢，而"大脚婆"则是骂人的话。

我们读《聊斋志异》，看蒲松龄之喜欢纤足，念念不忘，亦毋庸讳言。《莲香》中的李氏，她将自己的一只绣花鞋送给桑生作为信物，只要桑生一握它，她就会出现。李氏投胎而为燕儿以后，发现脚变大了，"鞋小于足者盈寸"，竟"把履号咷，劝之不解"，说是本来就觉得不如莲香，"今反若此，人也不如其鬼也！"怕桑生看不上她了。后来，绝食七天，脚变小了，"乃喜"。《聂小倩》一篇，连聂小倩这样一位侠义人物，居然也是小脚，"肌映流霞，足翘细笋，白昼端相，娇艳尤绝"。不知道是否影响飞檐走壁。《娇娜》一篇，也没有忘记写一笔阿松的脚："莲钩蹴凤。"阿松之能够"与娇娜相伯仲"，那双纤足是重要的考量指标。《连琐》一篇，杨于畏与连琐相会，杨特意"欲视其裙下双钩"，把玩连琐的绣花鞋。《青凤》一篇，耿生挑逗青凤，便"隐蹑莲钩"。《云翠仙》中，梁有才要勾引云翠仙，"诈为香客，近女郎跪。又伪为膝困无力状，故以手握女郎足"。人家躲开，梁又凑上去，"少间，又据之"。厚颜之极。《织成》一篇，柳生酒醒，"见满船皆佳丽"。织成出来时，柳生躺着，他首先注意到的，便是"翠袜紫鞋，细瘦如指"，"心好之，隐以齿啮其袜"。柳生向人说："舟中侍儿，虽未悉其容貌，而裙下双钩，亦人世所无。"《阿宝》一篇，写孙子楚追求阿宝，一定要阿宝给他一只绣花鞋作为"信誓物"。后来，阿宝的父亲顾虑"择数年得婿若此，恐将为显者笑"，但阿宝"以履故，矢不他"。可见，那只鞋是多么重要。《江城》一篇，高蕃见陶家妇，"爱其双翘"。《毛狐》一篇，农子马天荣嫌狐女长得不漂亮，狐说："以我蠢陋，固不足以奉上流；然较之大足驼背者，即为国色。"看来，大脚是很严重的问题。窦旭和莲花公主，洞房花烛，新婚宴尔，"诘旦方起，戏为公主匀铅黄；已而以带围腰，布指度足"。伸开手指，度量公主脚的大小。《翩翩》一篇，罗子浮挑逗花城，"假拾果，隐捻翘凤"。使人想起《水浒传》里，王婆房中，西门庆之勾引潘金莲。《胭脂》一篇，爱情加公案，胭脂的那只绣花鞋在结构上起了很大作用。宿介死皮赖脸地抢走了胭脂的绣花鞋，胭脂误以为来人是鄂生，她严肃地表示："君如负心，但有一死！"宿介慌乱之中，将鞋失落。又被无赖毛大拾去，毛大想以鞋去讹诈胭脂，结果骗奸未遂，将卞牛医杀死，而将绣花鞋丢在了卞家，胭脂因此而以为凶手是鄂生。而《胭脂》一篇对绣花鞋的利用，早有《泾林续记》中《张荩》一篇创新在先。富家子弟张荩，偶见楼上美人，以同心方胜投之，而美人则报以绣花鞋。谁知绣花鞋让卖花媪的儿子拣去，冒名顶替，前去赴约。由此而引起一系列的曲折，酿成一桩冤假错案。冯梦龙又将其改编为《醒世恒言》中的《陆五汉硬留合色鞋》。一只绣花鞋，闹得风风雨雨。

此辈无有不可杀者也

　　蒲松龄对衙役，可以说是深恶痛绝。"古今有忠奴仆，无忠衙役，何也？……至于衙役，皆里中之狡黠者为之。方其未入，则以朘民为志；及其既入，惟以欺官为能。其心何可问乎！"（《上邑侯张石年书》）"凡为衙役者，人人有舞文弄法之才，人人有欺官害民之志。盖必诱官以贪，而后可取溪壑之盛；诱官以酷，而后可以济虎狼之势。若少加词色，则必内卖官法，外诈良民，倚势作威，无所不至。往往官声之损，半由于衙蠹，良可惜也！但其人近而易亲，其言甘而易入，又善窥官长之喜怒，以为逢迎。若居官数年而无言听计从之衙役，必神明之宰，廉断之官也。"（《循良政要》）王鼎的哥哥无辜被囚，衙役索贿不得，发怒，"猛掣项索，兄顿颠蹶"。王鼎见状大怒，"忿火填胸，不能制之，即解佩刀，立决皂首。一皂喊嘶，生又决之"。连杀两个衙役以后，王鼎仓皇出逃。伍秋月受其牵连，被捕入狱。王鼎去救她，只见"秋月在榻上，掩袖呜泣。二役在侧，撮颐捉履，引以嘲戏，女啼益急。一役挽颈曰：既为罪犯，尚守贞耶？"王鼎愤怒，"持刀直入，一役一刀，摧斩如麻，篡取女郎而出"。王鼎先后杀了四个衙役，这些衙役或是向囚犯索贿，索贿不遂就虐待囚犯，或是调戏女犯，无耻无赖。作者在"异史氏曰"里说："余欲上言定律：凡杀公役者，罪减平人三等。盖此辈无有不可杀者也。"（《伍秋月》）

明清时期描写世俗生活的小说里创造了一系列衙蠹的形象。《水浒传》里有董超、薛霸，《红楼梦》里有葫芦僧，《儒林外史》里有翟买办、潘三，《聊斋志异》里也没有忘记刻画衙蠹的丑恶形象。《席方平》一篇，在刻画阎王到城隍的贪婪凶狠的同时，也顺手写出衙役的可憎：

席谢而下。鬼与俱出，至途，驱而骂曰："奸猾贼！频频反复，使人奔波欲死！再犯，当捉入大磨中细细研之！"席张目叱曰："鬼子胡为者！我性耐刀锯，不耐挞楚耶！请反见王，王如令我自归，亦复何劳相送。"乃反奔。二鬼惧，温语劝回。席故蹇缓，行数步辄憩路侧。鬼含怒不敢复言。……二鬼乘其不备，推入门中。惊定自视，身已生为婴儿。

这一段，写尽衙役的欺软怕硬，狐假虎威。在二郎神的判词里，特意斥责衙役："隶役者，既在鬼曹，便非人类。只宜公门修行，庶还落蓐之身；何得苦海生波，益造弥天之孽？飞扬跋扈，狗脸生六月之霜；豗突叫号，虎威断九衢之路。肆淫威于冥间，咸知狱吏为尊；助酷虐于昏官，共以屠伯是惧。当以法场之内，剁其四肢；更向汤镬之中，捞其筋骨。"切齿之恨，跃于纸面。

《梦狼》专为贪官画像，但亦顺便为衙役作画。公子甲的衙署里，"见堂上、堂下、坐者、卧者，皆狼也"，是一个狼的世界。这是在痛骂官场，纯粹狼窝！"白骨如山"，以死人为庖厨，是吃人的世界，人间的地狱。"蠹役满堂，纳贿关说者中夜不绝。"这是骂蠹役的为虎作伥。是篇后面附的两个故事，专写衙役之可恶，他们欺上瞒下，将官和民都瞒在鼓里，从中取利。两个故事中的官都是清官，但是，衙役将官的脾气习惯摸透了，设下圈套，两个清官都中了圈套，落入衙役所设的陷阱。所以，作者感慨地说："即官不为虎，而吏且将为狼，况有猛于虎者耶！""要知狼诈多端，少失觉察即为所用，正不止肆其爪牙，以食人于乡而已也。此辈败我名，败我阴骘，甚至丧是身家。不知居官者作何心肺，偏要以赤子饲麻胡也！"

妓尽狐也

古代小说中塑造的妓女形象，形形色色，数量可观。有的作者，把妓女写作佳人，书生与妓女的故事变成才子佳人的爱情故事。譬如唐人的小说《李娃传》，再如《霍小玉传》里的霍小玉，写得又像千金小姐，又像妓女。有的作品，表面上看，写的是仙女，但其实写的是妓女。文人津津乐道的阮晨、刘肇遇仙的故事，其实不过是一场变相的艳遇，不过是将文人的艳游化作一场仙凡之恋。既无家长的阻隔，又无责任和义务，连日常的油盐酱醋都不用考虑，除了妓院，人间哪有这种温柔之乡！《游仙窟》里的十娘，虽然自称"博陵王之苗裔，清河公之旧族"，其实看她的行藏，只是一个高级妓女而已。所谓仙窟之游，其实不过是嫖娼。

值得注意的是文人面对妓女时的心态。文人把狎妓视作风流韵事，所谓"诗酒风流"，是一种潇洒的生活态度的体现。文人常有怀才不遇的心态，而妓女多有"女为悦己者容"的心理，一边是才华没人欣赏，一边是美色没人欣赏，双方一拍即合。慧眼识得英雄，赢得风尘知己。《聊斋志异》中那些投怀送抱的狐女鬼女，往往带有妓女的影子。这些女孩在两性交往中常常很主动，对男方一见面就提出性要求并不反感，至多是"亦不甚拒"，半推半就。"生有拘束，死无禁忌"（《鲁公女》），这就是《聊斋志异》的秘密。她们对男子的用情不专，也不太在乎。莲香之反对桑生与李氏来往，只是为桑生的健康着想。胡三姐为了取悦尚生，把自己的妹妹胡四姐献了出去。试想一下，现实生活中有这样的女子吗？可能有，但很少。封建社会中，女性而能够主动，则妓女最有可能。但妓女是为钱卖身，而狐女却不是为了钱，则狐女比妓女可爱多了。蒲松龄在《鸦头》一篇结尾的感慨中说："妓尽狐也。"即是说，妓女都是妖冶媚人的狐狸精。从这一点来看，《聊斋志异》里自己梳妆打扮、送上门去的狐女鬼女，都有妓女的影子，所以一方面是"妓尽狐也"，另一方面，我们也不妨说，"狐尽妓也"。可是，《鸦头》一篇，境界比较高，写出了不甘为妓的女孩与命运的抗争。人的思想是很复杂的，蒲松龄有男性的自私，同时又同情受侮辱受压迫的女性。他有娇妻美妾的思想，有坐拥双美的幻想，也会歌颂知己之爱、生死之情。世界上的事情就是这样矛盾和复杂。

蒲松龄应该很了解妓女的生活。他写过一本书，叫作《日用俗字》，其中有一章，对妓女的生活有非常具体的描述。写妓女值得人同情的一面，"娼妓一流最可哀，全凭笑脸赚钱财"，"连夜奉承小眨眼，打盹也须勉强陪"。写妓女的倚门卖俏、站街拉客："衩裤站门嗑瓜子，歇怀露乳立当街。"写妓女的送旧迎新、并无真情："乍见交欢情似火，久离泣说瘦如柴。初同鸳枕魂消去，才听鸡声泪下来。方因送旧啼声断，旋为迎新笑口开。"写妓女年老色衰、为老鸨所弃的悲惨下场："白发上头客不至，红粉绝气死无材。败残苦箔犹堪卷，乱散塌中便可埋。"因为作者很了解妓女的真实的生活，所以他能够写出鸦头那样宁死不肯接客的雏妓。

不孝有三，无后为大

  "不孝有三，无后为大"，这一点蒲氏念念不忘。《聊斋志异》中的鬼女狐女，凡被作者肯定者，都有生子延嗣的贡献。实在不行，怕耽误人家，就会主动让贤，自动退出。婴宁为狐女，"逾年，生一子。在怀抱中，不畏生人，见人辄笑，亦大有母风云"。《巧娘》一篇，傅氏生子廉，"而天阉"，没有人愿意把女儿嫁给他。"自分宗绪已绝，昼夜忧怛，而无如何。"巧娘是鬼，却替廉生了一个儿子，"体貌丰伟，不类鬼物"。"儿长，绝肖父；尤慧，十四游泮。"聂小倩到宁家，当时宁妻卧病，宁的母亲对小倩说："小娘子惠顾吾儿，老身喜不可已。但生平止此儿，用承祧绪，不敢令有鬼偶。"小倩虽"娇艳尤绝"，但影响生儿子可不行。宁妻病亡，宁母欲以小倩为儿子继室，"但惧不能延宗嗣"。聂小倩特意向宁母说明："子女惟天所授。郎君注福籍，有亢宗子三，不以鬼妻而遂夺也。"后来，"女举一男"，终于完成了最重要的任务。"纳妾后，又各生一男"。锦上添花，保险系数加大。《侠女》一篇，那位"艳如桃李，而冷如霜雪"的侠女，不与顾生结为夫妻，只是绸缪了两次。但是，她也为顾生生了一个儿子，而且"丰颐而广额"，使顾母非常高兴。顾母奇怪的是，"异哉此女！聘之不可，而顾私于我儿。"侠女后来解释说："养母之德，刻刻不去诸怀。向云可一而不可再者，以相报不在床笫也。为君贫不能婚，将为君延一线之续。本期一索而得，不意信水复来，遂至破戒而再。今君德既酬，妾志亦遂，无憾矣。"侠女的报答就是为顾家"延一线之续"。可是，小孩自小便失去母爱，这就不在侠女考虑的范围以内了。小翠并非不爱元丰，但是，她不能生产，于是，她功成身退，让自己迅速衰老，主动让贤，为元丰娶了一位新的夫人，以免耽误王家的继嗣问题。吴筠看上葛太史的女儿，白于玉劝其求仙，吴筠亦想仙去，但"以宗嗣为虑"。白于玉邀吴一游月宫，与月中美人有了枕席之欢，回到人间以后，"前念灰冷，每欲寻赤松游，而尚以胤续为忧"。"过十余月，昼寝方酣，梦紫衣姬自外至，怀中绷婴儿曰：此君骨肉。天上难留此物，今年感持送君。"吴筠终于仙去，而没有耽误嗣续之计。陈云栖"自分宗绪已绝，昼夜忧怛，而无如何"。(《陈云栖》) 晚霞虽美，但阿端的母亲"然终虑其不能生子。未几，竟举一男"。(《晚霞》)《娇娜》里的松娘、《翩翩》中的翩翩、《青蛙神》中的十娘、《嫦娥》中的仙女嫦娥、《小梅》中的狐女，都为男主人公生了儿子，有的还生了一男一女。蒲氏肯定的女子，无论其为鬼为狐，一般都有生子延嗣的贡献，在蒲松龄看来，万万不能为爱而绝后。蒲松龄在《小梅》一篇结尾的"异史氏曰"中说："不绝人嗣者，人亦不绝其嗣，此人也而实天也。"即是说，善人天佑，天必使其绝后。

《金永年》一篇，写金永年已经八十二岁高龄，老伴七十二岁，亦逾古稀，本已绝嗣，因为"贸贩平准"，神竟赐予一子，"无何，媪腹震动；十月，竟举一男"。《土偶》一篇，写马某早逝，妻子王氏守节不嫁，马某显灵，说是"吾父生有损德，应无嗣，遂至促我茂龄。冥司念尔苦节，故令我归，与汝生一子承祧绪"。"遂燕好如平生"，"如此月馀，觉腹微动。""十月，果举一男。"《邵女》一篇，写柴廷宾，妻金氏，悍妒不育，后来娶邵女，极尽曲折，感动金氏，"女产一男"，"秀惠绝伦"。《周克昌》一篇，周克昌十三四时失踪，一年以后又自己回来，文思大进。娶赵进士女，夫妻相得，但没有夫妻生活。父母"日望抱孙"，催促他，他就要出走，蝉脱而去，原来是鬼。第二天，周克昌回来了，"顽钝如昔"，说是被人拐卖，现在思家回来。见了妻子，如有愧色，"甫周年，有子矣"。《湘裙》一篇，晏仲的哥哥、嫂子无嗣而死，在地下，妾生了两个儿子。晏仲游冥间，得知此情，遂将长侄阿小带回阳间，"以阳气温之"，久而久之，阿小由鬼变人，娶妻生子。《阳武侯》一篇，薛公死后，夫人产遗腹女，又十五年，生一儿子，旁支说不是薛的儿子，但是，侍候夫人的几个老媪都说，确实是薛的儿子。《孙生》一篇，夫妇不和，互相厌恶，老尼设计，两人由顾影生怒变为闻声而喜，生一男两女。蒲松龄考虑到可能导致不育的种种情况，千方百计地加以补救，使他不致绝后。花姑子和安幼舆不能白头偕老，她对安说："月来觉腹中微动，恐是孽根。男与女，岁后当相寄耳。"后来，果然有一老媪以绷席抱一男婴送来，说是"吾女致意郎君"。由此可见，不管出现什么情况，绝后是万万不行的。

《林氏》一篇，写戚安期与林氏伉俪情笃，本无后嗣，林氏劝丈夫纳妾，戚坚执不肯。林氏再三考验丈夫，而戚安期坐怀不乱，坚决不与婢女苟且。林氏"灭烛呼婢，使卧己衾中"，婢女终于怀孕，先后生下二子一女。这个故事，极写戚安期之忠于伉俪，林氏之贤，她以大局为重，千方百计地将婢女贡献出去，以保证戚家的后继有人。冒着丈夫移情别恋的危险，也不能让戚家断了香火，从而将作者"不孝有三，无后为大"的观念表现得非常彻底。性爱是排他的，戚、林的行为不免给人虚伪的感觉。"梓园评"就此讽刺说："聊斋此篇，极意写戚为林诳，余窃意林为戚诳也。"蒲松龄缺乏现代的科学知识，他不明白，不育的原因，男女双方均有可能。

无往而不在的恩报观念

《聊斋志异》中的恩报思想非常强烈，几乎是无往而不在。善有善报，恶有恶报，这种观念直接影响到小说情节的设计，人物的结局。《聊斋志异》中的作品，并非每一篇都在反映果报的观念，但是，《聊斋志异》中的作品，确实没有一篇作品违背这一观念。许多矛盾，借恩报模式得以解决。青凤与耿生的爱情，遭到青凤叔叔的反对，后来，耿生在青凤的乞求之下，救了青凤叔叔的命，于是，宿憾消弭，"由此如家人父子，无复猜忌矣"。(《青凤》)青梅与张生的婚姻，曾经得到小姐阿喜的大力帮助，后来小姐落难，青梅为了报恩，接阿喜到家，做了张生的正妻，而自己退居为妾。(《青梅》)娇娜为孔生治病，救了孔生，后来娇娜家遇到劫难，孔生挺身而出，冒险相救。(《娇娜》)丁令对叶生有知遇之恩，其儿子年十六还不会作文，叶生尽心教育，"以生平所拟举子业，悉录授读"。结果，丁公子先是中亚魁，接着"又捷南宫，授部中主政"。(《叶生》)许某

　　　　　　　　　　　聊斋的狐鬼世界

常饮酒酹地，以祭溺鬼，王六郎便给他驱鱼。(《土六郎》)布客遇短衣人，呼与共饮，短衣人其实是勾命人，为报答布客，便建议布客回去修桥做善事，布客得延寿命，躲过一劫。(《布客》)狐狸精遇劫，被王太常所救，小翠便化作村女，给王的痴呆儿子做媳妇，并使王太常躲过政敌的暗算。(《小翠》)邢云飞爱石如命，灵石就粉身报答他，使其躲过一次又一次的劫难。(《石清虚》)杨某之妻不过招待过丁前溪一顿饭，而杨某窘困时去求丁前溪，丁前溪一面热情款待杨某，命他坐收博彩百金，一面派人安顿杨家。待到杨某到家，家里"布帛菽粟，堆积满屋"，妻子"衣履鲜整，小婢侍焉"。所谓滴水之恩，涌泉相报。(《丁前溪》)冯相如为人善良，后来，"遂领乡荐"，"腴田连阡，夏屋渠渠"。成名为人朴实，"不数岁，田百顷，楼阁万椽，牛羊蹄躈各千计。一出门，裘马过世家焉"。(《红玉》)安幼舆喜放生，曾于华山道上买猎獐而放生。五年后，安幼舆为蛇精所害，猎獐在阎王那里求情，宁可毁坏自己多年的道业来赎安幼舆的命。其女花姑子又杀蛇精，取蛇血而为安治病，因杀生而百年不得飞升。花姑子还满足了安幼舆的情欲，并给安家生了儿子。作者就此感慨道："人之所以异于禽兽者几希，此非定论也。蒙恩衔结，至于没齿，则人有惭于禽兽者矣。"(《花姑子》)副将军贾绾射伤一猪婆龙，并获一衔尾小鱼。陈生求将军放了猪婆龙和小鱼，并为猪婆龙涂了金创药。原来猪婆龙是湖君妃子，小鱼是从婢。猪婆龙为了报答陈生，将公主嫁给陈生。陈生分身两地，享福无穷。回家的陈生，"裘马甚都，囊中宝玉充盈。由此富有巨万，声色豪奢，世家所不能及。七八年间，生子五人。日日宴集宾客，宫室饮馔之奉，穷极丰盛"。（《西湖主》）

恶有恶报的观念，在《聊斋志异》中更是不胜枚举。（《蝎客》《霍生》《柳氏子》《果报》《塞偿债》《四十千》《某甲》《钱卜巫》《刘姓》《拆楼人》《汪可受》《潞令》）瞽僧因为"生前抛弃字纸过多，罚作瞽"，王平子因为"以小忿误杀一婢"，所以一世没有功名。给人的感觉，阴间对恶的惩罚，更甚于阳间，一般是从严从速，量刑比阳间更重。毋庸讳言，恩报观念对小说情节和人物的真实性造成了不同程度的损害。即便是像蒲松龄这样的天才作家，也不能避免思想上的糟粕对艺术性的损害。果报观念造成好人好报、坏人恶报的思维定式，这种思维定式造成一种小说结局的定式，蒲松龄尽量地想在定式中求变化，但终究受到了无形的限制。

《聊斋志异》与《红楼梦》
之异同

　　《红楼梦》与《聊斋志异》相比较，自有许多的不同。从成书时间来看，《聊斋志异》诞生于康熙年间，创作过程极为漫长，估计有二三十年。《红楼梦》成书于乾隆年间，"披阅十载，增删五次"，方才成书。《聊斋志异》是文言短篇小说集，《红楼梦》是长篇白话小说。蒲松龄出生于明清之际。明朝覆亡、满族入主中原的历史巨变，给他留下了终生的记忆。曹雪芹的家族在雍正登基以后遭到沉重的打击，急剧地衰落，在《红楼梦》中，可以隐约看到一点曹家政治变故的阴影。蒲松龄出身平民，终身生活在社会的下层，他对弱势群体抱有深刻的同情。曹雪芹出身百年望族，他有一种门第的自豪，也有一种家族没落的伤感，但是，他的大半生在穷困潦倒中度过，使他对卑贱者充满了同情。蒲松龄几乎在科举的道路上苦苦攀登了一生，曹雪芹则因为家族的骤然没落而彻底地否定了功名富贵。蒲松龄在作品中涉及多元的主题，曹雪芹则在一部长篇小说里集中思考着人生的意义。蒲松龄虽然充满愤世嫉俗的感情，但没有对现实绝望。曹雪芹则因为自"烈火烹油、鲜花著锦"到"家亡人散各奔腾"的瞬息荣华，对人生产生了虚无的思想。曹雪芹对人生的看法比蒲松龄悲观，但是，曹雪芹的思想比蒲松龄深刻。他已经没有对于统治者的幻想，没有补天的兴趣，态度更为超脱。

《聊斋志异》以四百多个短篇，写尽三教九流，《红楼梦》则很少写到贾府的围墙外面去，大观园是一个相对独立和封闭的女儿国。两部巨著都写出形形色色的世态人情，《聊斋志异》侧重于平民世界的描写，《红楼梦》偏重于贵族大家庭的描写。相对来说，康熙时期的文字狱还不算严重，《聊斋志异》里还有一些作品写到于七之乱的屠杀；乾隆时期，文字狱极为猖獗，捕风捉影，滥杀无辜，欲加之罪，何患无辞！《红楼梦》刻意地回避政治，用"大旨言情"的旗帜来掩饰自己对政治的不满。

蒲松龄和曹雪芹都擅长描写爱情，两人都精通爱情心理学，都喜欢用爱情来考验他们笔下的人物。《红楼梦》和《聊斋志异》的作者都喜欢描写少女，并善于描写少女，他们都喜欢给少女们起一些香艳的名字。《聊斋志异》里则有娇娜、青凤、连琐、婴宁、云翠仙、胭脂、莲香、红玉、蕙芳、聂小倩、凤仙、小翠、阿绣、香玉等；

《红楼梦》里则有香菱、平儿、鸳鸯、袭人、晴雯、麝月、秋纹、紫娟、小红等。蒲松龄和曹雪芹都把这些纯洁美丽的女孩看作真、善、美的象征，看作世界上最可宝贵的生命。《聊斋志异》《红楼梦》里令人掩卷难忘的人物，是一大群女子，尤其是那些纯洁可爱的少女。

《聊斋志异》是短篇小说集，每篇作品的结构都不相同。就单篇的作品而言，结构的问题相对来说，要简单一些，但蒲松龄总是极尽曲折，不袭窠臼。《红楼梦》的结构问题要复杂得多，人物众多，头绪纷繁。作者的结构极为巧妙，又非常大气，每一个人物的设计，每一个情节的安排，都照顾着局部，又考虑到了全局。使全书上下勾连，前后照应，左顾右盼，浑然一体。就好像下围棋的高手，每投一子，考虑到了局部，又考虑到了全局。看到了眼前，又看到了长远的发展。

《聊斋志异》的语言，用诗笔来写美少女，用史笔来叙事，用骈文来议论，用口语化的文言来写对话。《红楼梦》的语言，是白话，但文言味相当重，其中的韵文，有诗有词有曲，亦各尽其妙，其中尤以第五回的曲子写得好。通过这些曲子，对金陵十二钗及袭人、晴雯，乃至整个贾府的命运作了巧妙的暗示。美丽神秘，扑朔迷离，感伤浪漫，为全书奠定了悲剧的基调。

文章虽美，贱则弗传

常人或贵远贱今，厚古薄今，或仰慕名人、权贵而轻视无名新秀、布衣才俊。如韩愈所说："世有伯乐，然后有千里马；千里马常有，而伯乐不常有也。"一个文学上的新锐，常常需要名人的提携，需要达官贵人的游扬，才能出人头地。一般来说，作序的人，其声望在求其作序的人之上，资格要更老一些。像宗白华先生那样，请自己学生辈的李泽厚先生为自己的书作序，这样的例子是很罕见的。王充一介平民，他的《论衡》，生前无人赏识，后来得到蔡邕的欣赏，从此才得到人们的重视。左思的《三都赋》，花了十年的功夫，方才写成，可以说是呕心沥血。他知道自己出身寒门，名不见经传，写得再好，也不容易得到社会的承认，便去请当时的名士皇甫谧写序。皇甫谧看了，很是赞赏，还为他的《三都赋》作了序，以后，又有刘逵、张载、卫瓘、张华为之游扬。于是，"富贵之家，竞相传写，洛阳为之纸贵"。白居易初到京师，没有名气，是顾况读了他的"离离原上草，一岁一枯荣。野火烧不尽，春风吹又生"，大加称赞，为其延誉，于是，声名大振。像李白那样狂傲的人，他也曾经给韩朝宗上书，求韩为其游扬，"使白得脱颖而出"：

> 白闻天下谈士相聚而言曰："生不用万户侯，但愿一识韩荆州。"何令人之景慕，一至于此耶！（《与韩荆州书》）

这位"天子呼来不上船"，不肯"低眉折腰事权贵"的大诗人，也有求人的时候。可惜，韩朝宗有眼不识金镶玉，愿意推荐崔宗之、严武，却不肯推荐李白。

名人的推荐游扬，自然非常重要，有的时候可以起到关键的作用。左思之求皇甫谧，蔡邕之褒赞《论衡》，顾况之欣赏白居易，都被传为文坛的佳话美谈，反映了历代寒士望人提携游扬的期盼。可是，自从有了科举制度，光是名人或是达官贵人的游扬还不够，本人必须取得功名，在科举考试中取得资格和身份，才能得到社会真正的承认。这就好像当今的社会，必须要有学历一样。譬如像唐人李贺，他很小的时候，就受到大文豪韩愈的赏识，可是，因为社会避讳的陋习，他始终不能参加科考，抑郁而终。虽有韩愈挺身为之执辩，但终于敌不过社会的习惯势力。像蒲松龄，早年就获得学道施愚山的欣赏，后来又有文坛盟主王渔洋的赏识，可是，蒲松龄始终未能通过乡试这一关。所以，虽有高官、名人为其游扬，他依然是穷困潦倒、偃蹇终身。在当时，小说不登大雅之堂，尤其是像《聊斋志异》这种专写狐魅花妖的小说。我们只要看《聊斋志异》前面的几篇序，他们都在那里吃力地为小说中狐魅花妖的描写作辩，就知道其中的奥妙了。孙蕙曾经委婉地对蒲松龄说："兄台绝顶聪明，稍一敛才攻苦，自是第一流人物。"意思很明白，就是说，你把写小说的聪明才智稍稍用一点在举业上，早就飞黄腾达了。连他最亲密的朋友也不能真正认识《聊斋志异》的价值，在这一点上，蒲松龄和吴敬梓是一样的。他们生当一个轻视小说的时代，却写得那样的认真，那样的投入，那样的一丝不苟，这种精神是多么的令人感动！王士禛在《聊斋文集》的题记中说蒲松龄的诗文："卓乎成家，其可传于后无疑。"其实，蒲松龄的传世之作，不是他的诗文，而是他的《聊斋志异》，这是王士禛始料所不及的了。

时代不同了，群众的识别能力已经大大提高了，知识分子的数量也已经非常可观，但是，名人、权贵的游扬依然非常重要，人们对名人的崇拜依然如故。一个从不喝酒的明星，不妨给一种名酒大做广告，告诉大家，这种酒非常好喝，告诉电视机前的观众不妨来品尝一下。没有看那本书，不妨碍他给那本书作序，求他作序的人也并不在意其看没看过。我看到一位著名的学者，他的一部著作，请了六七个名人作序，然后再加上他的自序，我不明白他的书为什么需要那么多的序。我想了一下，这些序至少有一个作用，就是使读者由此得知，他认识这么多的名人和权威。正如刘禹锡《陋室铭》所谓："谈笑有鸿儒，往来无白丁。"不但是名人的、权威的游扬非常重要，而且在什么场合发表也非常重要，即现在所谓平台。在某些情况下，东西本身的质量已经不太重要，而那个平台却非常重要，所以有的人要花大钱在那个平台上将自己展示一下。

　　蒲松龄对名气还是很看重的。看他的小说里的男主人公，常常有点名气，或被称作名士。《瞳人语》："长安士方栋，颇有才名，而佻达不持仪节。"《叶生》："淮阳叶生，失其名字。文章辞赋，冠绝当时。"《阿宝》："粤西孙子楚，名士也。"《狐联》中的焦生，也是名士。狐狸精出联，他居然对不上，受到狐狸精的嘲笑："名士固如此乎？"《白于玉》："吴青庵，筠，少知名。葛太史见其文，每嘉叹之。"《连城》："乔生，晋宁人。少负才名。"《雷曹》里的夏平子，"十岁知名"，乐云鹤"文思日进，由是名并著"。《阿霞》："文登景星者，少有重名。"《颜氏》篇中才女颜氏，"名士裔也"。《细柳》："时有高生者，世家名士。"《锺生》："锺庆馀，辽东名士。"《鬼令》："教谕展先生，洒脱有名士风。"《紫花和尚》："诸城丁生，野鹤公之孙也，少年名士。"《吕无病》：洛阳孙公子，"世家名士"。《陈锡九》："父子言，邑名士。"《于去恶》：于去恶，"言论有名士风"。"北平陶圣俞，名下士。"《绩女》："有费生者，邑之名士。"《张鸿渐》："张鸿渐，永平人。年十八，为郡名士。"《王子安》："王子安，东昌名士，困于场屋。"《杨大洪》:"大洪杨先生涟,微时为楚名儒,自命不凡。"《贾奉雉》:"贾奉雉,平凉人,才名冠一时,而试便不售。"在这篇抨击科举的力作中,蒲松龄借郎某之口说:"文章虽美,贱则弗传。"他知道知音难觅,所以他在《偶感》中说:"一字褒疑华衮赐,千秋业付后人猜。此生所恨无知己,纵不成名未足哀。"王士禛曾经称赞过他的《聊斋志异》,所以,蒲松龄便写信给他,希望这位文坛盟主能够为《聊斋志异》写一首序。王的复信也很有意思,信中说:"嘱序,固愿附不朽,然向来颇以文字轻诺,府怨取诟,遂欲焚笔砚矣,或破例一为之,未可知耳。"信写得很客气,说自己本心也想依附名著而跟着借光而不朽,但以前的教训太多了,自己后悔得都想把笔砚都一把火烧了。"或破例一为之",自然是空头支票。蒲松龄难得求人作序,谁知碰了这么一个软钉子。王所谓"固愿附不朽",本是谦辞,内心并不作如此想,却被他说着。他和蒲松龄大概都没有想到,三百多年后的今天,蒲松龄的名气比王士禛大多了。王士禛曾经为《聊斋志异》写过一点少得可怜的评语,刻书的人为了扩大书的影响,便把这些评语刻了上去,而王士禛也真的依附于《聊斋志异》而扩大了影响。现在的中国,知道蒲松龄的人要比知道王士禛的人多得多了。事实上,长远地来看,《聊斋志异》的巨大影响,完全是依靠作品本身的质量,书前的几篇序却是不相干的,他们的说好,也没说到点子上。当然,作为一种研究资料来说,还是有价值的。

青林黑塞有知音

　　如果我们想研究蒲松龄的真实的思想，研究他的内心世界，自然不能不读他的文集。光读《聊斋志异》是不够的。读他的文集，我们知道了蒲松龄的另一个侧面，知道他的思想的复杂。反过来说，光看他的诗文，我们对蒲松龄的了解也是不全面的，必须把他的小说和诗文放在一起，把相关的材料放在一起，分析其中的一致和似乎矛盾的地方，才能得到一个真实的蒲松龄，才能对这位小说大家有一个比较真切的了解。文集里的文章，当然有不同的研究价值。文集里有许多蒲松龄做幕宾时为孙蕙、做塾师时为东家毕际有所写的文字，譬如说那些谢表，那些请示报告性质的奏启，那些形形色色的应酬文字。应酬文章里，有些是给上司看的，用的是官话，是套话，冠冕堂皇，一本正经，是四书五经里的熟套。在那里，他不得不歌功颂德，不得不粉饰太平。虽然不能说其中没有一点自己的思想，但很少，我们在其中看到的，是戴着面具的蒲松龄。官场上最缺乏真诚，只能说套话，直言不讳是幼稚，言不由衷是需要。蒲松龄如果不这么写，恐怕毕际有、孙蕙早就请他卷起铺盖走人。这些文章离蒲松龄的真实思想最远。其次是数量可观的序跋，这些序跋也不能看得太认真，批判会上无好话，追悼词里无缺点。中国人写序跋，光褒不贬，往往不尽客观，而多溢美之词，甚至违心之词。称赞人家的赋，就说可以和屈原、司马相如来相比；说人的诗好，就说可与李白、杜甫相媲美；说人家的史学好，就说是司马迁、班固再世。如果你以为他的赞美都是肺腑之言，那就未免过于天真。各种各样的应用文，都有自己的规矩和忌讳。我们读蒲松龄文集中的祭文、墓志铭，就会觉得蒲松龄是一个标准的儒家信徒。他褒扬人，用的都是儒家的伦理规范，无非是忠孝节义。我们读《聊斋志异》，觉得他是一个思想很解放的人，甚至会以为他是一个反礼教的人。可是，我们读他的文集，就知道，他的思想没有超出儒家思想的藩篱。他为《问心集》作跋，跋中写道："佛曰虚无，老曰清净，儒曰克复，至于教忠教孝，则殊途而同归。恶之大者在淫，北雁晨钟，切宜猛省；善之尤者为孝，西风夜雨，更要深思。"这种议论，和一般的道学家又有什么区别？他有一篇《为人要则》，提出如下要则：正心、劝善、徙义、急难、救过、重信、轻利、纳益、远损、释怨、戒戏，这些要则没有一条不符合儒家的思想，蒲松龄对封建社会没有彻底的绝望。他不是《红楼梦》里那块女娲补天、弃而不用的顽石，他还有补天的愿望。对于科举制度，他并没有彻底的否定，他痛恨的只是考官的有眼无珠。他认为，他的不幸，只是因为没有遇到伯乐，所以他要在小说里那么动情地歌颂知遇之恩。文集里有几篇表彰节烈的文字，最能说明问题。我们试看其中的一段文字：

> 淄川县刘在妻王氏，自二十四岁丧夫，抱中止有一男，矢心不二，之死靡他。办税督耕，门内全无丁壮，绩灯织火，影外但有茕孤。苦守八十四年，作巾帼之表率；寿登一百八岁，应盛世之祯祥。……子刘好新二十九岁而亡，妇高氏以二十八岁而寡，今年七十有二。妇孝姑慈，均分习蓼之苦；上行下效，固守不字之贞。守节而享大年，已得厚酬于天道；过期而缺旌典，犹留遗憾于人心。恳祈羽翼名教，牒报公堂，转中宪院，题请旌扬。庶几千秋闺阁，遥闻烈女之风；一字褒扬，永志熙朝之瑞。(《请表一门双节呈》)

完全是程朱理学的一套。在为王如水的《问心集》所作的序中，他不得不说一些三纲五常的话头："信乎天下之人，尽如虎狼之知有父子也，蜂蚁之知有君臣也。"这不是蒲松龄的过错，而是他的不幸，是时代限制了他。我们没有理由去苛求古人，我们应该感谢他，为后人创造了那么出色的作品。

蒲松龄花了许多精力来写这些应酬的文字，自然有其不得已的苦衷。首要的是融洽人际关系、养家糊口的实际需要。各种各样的募捐：修桥的、建庙的、塑佛像的、铸钟的，都会找上门来，请他写序。更有庆寿的、追悼死者的、生儿子的、中了秀才的、进国子监的、官司和解的、出文集的，都纷纷地来求他写序。他的内心也非常的厌烦，所以他会有一篇《戒应酬文》，流露出那种"无端而代人歌哭，胡然而自为笑啼"的痛苦与郁闷，"利既不属，名亦罔归"的失落。在《聊斋文集》的《自序》里说："日久不堪其扰"，他将无偿服务改为有偿服务，以为这样可以少一些烦扰，但是，"远迩以文字相烦者，仍不少也"。他刚刚决心再也不写这种无聊的应酬文字，可是，又有人上门来求："乃我旧戚，携果一榼，载酒一瓻。"情面难却，下不为例。蒲松龄自己对他的应酬文字并没有看得太重，他曾经坦率地说："凡有所作，集而成册；敢曰持此以问世哉？置诸案头，作应付之粉本耳。"也就是说，他把这些应酬文字收集起来，只是为了将它们作为应酬文字的样稿而已，以后再有人来求他，只需照猫画虎就可以了。其实，看他的那些应酬文字，却又没有雷同的。事实上，蒲松龄文集里的文章，没有比《聊斋志异》的自序写得更真挚，更深沉的了。

文集中并非全是应酬之作，有些反映民生的文章，譬如像《淄邑流弊》《盐法论》《官箴》《求减或耗呈》《恳减米价呈》《秋灾记略后篇》等文章，感情很真挚，语气非常恳切，蒲松龄对民间疾苦的关心，他的济世之心，表现得非常动人。这些耳闻目睹的苦况，正是蒲松龄创作小说的宝库。再如《灌仲孺论》那样的文章，一反历来的评价，原谅他的使酒骂座，原谅他的粗莽，称赞他是"真圣贤"、"真佛菩萨"，特别欣赏灌婴的蔑视田蚡、以朋友为重的行为。这种文章很能表现蒲松龄内心深处的思想。田蚡权势熏天，骄横不可一世，灌婴敢于当众辱骂他，是需要一点勇气的。蒲松龄，一介穷儒，乡村塾师，久试不售，身处卑贱的地位，饱受世人的冷眼，对势利小人特别反感，对狗眼看人低的势利现象特别敏感，所以他才能够那么欣赏灌婴。

仔细地体会一下蒲松龄的《戒应酬文》里的苦涩，也就不难理解他在《聊斋自志》里所发出的感慨："知我者，其在青林黑塞间乎！"只是在狐魅花仙的虚幻的世界里，他才那么真实地展现出他的内心世界，他的一切的愤懑和抑郁，一切的理想和憧憬。你可以说其中的思想不无可议之处，甚至可以说其中有一些庸俗的笔墨，可是，那里面所写的，都是蒲松龄最真实的思想。在狐魅花仙的世界里，我们才看到了卸下面具的蒲松龄。

辞赋气和小说气

按常理说，像蒲松龄这样的文才和悟性，科考应该没有问题，但是，文章憎命，造物弄人，偏偏他科场偃蹇，竟以秀才终身。六十三岁时，他还在参加山东的乡试，七十一岁时，才援例补为岁贡生。这样的一代文雄，竟以一个乡村塾师终老。他的文才，没有得到社会的承认和肯定，其命运还不如周进和范进。

蒲松龄十九岁应童科试，县、府、道三关，连夺三个第一，补博士弟子员。受到山东学使施愚山的赏识，文名大振。想当初，蒲松龄也是踌躇满志，想将来轰轰烈烈地干一番事业，至少改变一下穷困潦倒的处境。却谁知年轻时的三个第一，竟成为他最后的辉煌。孙蕙曾经问他："可仿古时何人？"令我们想不到的是，蒲松龄的崇拜对象，居然是平定安史之乱立下大功的名将郭子仪，"他日勋名上麟阁，风规雅似郭汾阳"。真是天才常常没有自知之明。这就好像李白，他最崇拜的是安邦定国的大政治家、淝水之战的总指挥谢安，

"但用东山谢安石，为君谈笑静胡沙"。名人的游扬，提高了蒲松龄对未来的期望值，却使他在以后的坎坷中更加沮丧和失落。以后无数次的乡试，每次都是铩羽而归，"三年复三年，所望尽虚悬"。"不飞则已，飞则冲天"的幻想终于破灭。蒲松龄的科场失利，往往是关键时刻掉链子。康熙二十六年，蒲松龄游历下应乡试，得意疾书，越幅被黜。三年后，蒲松龄再赴历下应乡试，第一场试题是"子贡曰譬之宫墙"、"是故君子先慎乎德"、"孔子登东山而小鲁，登泰山而小天下"。蒲松龄考得很得意，考官准备取为第一，可惜，蒲松龄抱病不获终试，主司也为之十分惋惜。机不可失，时不再来，关键的机会没有抓住，大好的战机转瞬即逝。

我们可以想象得出来，屡战屡败而又屡败屡战，三年一次的名落孙山，极大地摧残着我们这位天才的自尊。愧对家人，愧对亲友，"与君共洒穷途泪，世人何尝解怜才"，"但求怜此身犹贱，放我十年勿再添"，"朝来不解缘何事，对酒无欢只欲愁"，"落拓名场五十秋，不成一事雪盈头"，"歧途潦倒怜蓬鬓，中夜悲歌忆帝乡"，"无似乃祖空白头，一经终老良足羞"，蒲松龄留下的这些诗句，充分地表现出这位老秀才终身奋战而终于未能跻身上流社会的悲哀。五十以后，蒲松龄依然不能甘心，还要去一试运气，老妻规劝他："君勿须复尔！倘命应通显，今已台阁矣。山林自有乐地，何必以肉鼓吹为快哉！"一位旷世奇才，居然白首无成，这就不能不使蒲松龄在

《叶生》《王子安》等小说中发出那样悲愤凄怆的声音，在《司文郎》《贾奉雉》《考弊司》等小说中对试官投以极大的蔑视和恶毒的诅咒了。造物弄人而终究艰难玉成，一切经历都是财富，正是坎坷的遭遇成为蒲松龄穷愁著书、发愤著书的强大动力，将他的一腔悲愤、满腹郁闷在狐魅花仙的世界里泄露无余。如果不是场屋坎坷，始终生活在贫民之中，又如何能够如此熟悉下层的疾苦，又如何能够对弱势群体有那么深厚的同情。我们读他的《淄邑流弊》《盐法论》《官箴》《求减或耗呈》《恳减米价呈》《秋灾记略后篇》等文章，就不难理解在《聊斋志异》里何以对墨吏贪官有那么强烈的憎恨了。

笔者曾经思考过这样的问题，为什么历任的试官，都看不上蒲松龄的八股。蒲松龄的诗赋和骈文的功底很深，只要读一读《聊斋志异》里的"异史氏曰"，读一读蒲松龄的文集，就不难明白这一点。可是，辞赋气是八股的一忌，《儒林外史》中，马二先生便谆谆教导蘧公孙，八股文章千万不可带辞赋气。辞赋的语言很美，对于八股来说，却是有害无益，八股要代圣贤立言，最忌华丽。

蒲松龄喜欢作诗。明清以八股取士，千千万万的读书人将聪明才智消耗于八股的练习之中。诗歌被视为无用之物，学习诗歌被认为是荒废学业，导致贫穷的原因。学诗是中了进士、有了功名以后的事情。年纪轻轻的，喜欢诗歌、写作诗歌是不务正业，是使父母妻子痛心疾首的事情。你若是喜欢一个人，就让他去学诗歌吧，诗歌会给他带来快乐；你若是痛恨一个人，就让他去学诗歌吧，诗歌会让他潦倒终身！蒲松龄不是不明白这一点，他在《郢中社序》中说："顾当今以时艺试士，则诗之为物，亦为魔道，分以外者也。"可是，他自恃才雄，没有认识到问题的严重性。

其次，八股既是代圣贤立言，也就最忌独立思想，而蒲松龄这种性情中人，不甘心说那些千篇一律的陈腐教条。连他的那些应酬文字也没有重复的，可见他的创新意识是多么强烈。八股的教育是一种最刻板的应试教育，应试教育的精华就是适应考试的要求，放弃你的独立思想，放弃你的独立见解，忘记你自己。圣人已经发现了真理，朱熹已经把四书五经解释得一清二楚，你的任务只是理解，理解再理解，你已经没有发现真理的任务。天才老是想说出一点自己的思想，蒲松龄从骨子里就不能适应八股的考试。这就像吴敬梓一样。区别在于，吴敬梓觉悟得早，对八股制度深恶痛绝，早早地放弃了诸生籍，岁考也不考了，不陪着玩了。

有意思的是，蒲松龄的八股不但有辞赋气的危险，而且还有小说气的可能。《叶生》这一篇里，宋生调侃余杭生的一段话，便是小说化的破题：

王随手一翻，指曰："阙党童子将命。"生起，求笔札。宋曳之曰："口占可也。我破已成：于宾客往来之地，而见一无所知之

人。"……又翻曰："殷有三仁焉。"宋立应曰："三子者不同道，其
趋一也。夫一者何也？曰仁也。君子亦仁而已矣。何必问？"

这种破题，显然不在代圣贤立言，而是在于刻画人物。宋生的才华
横溢，尖刻犀利，余杭生的浅薄自大，不学无术，均表露无遗。再
看蒲松龄应道试而作的一篇八股，题目出自《孟子》的《齐人有一
妻一妾》，蒲氏的文章，将齐人之妻作为主角来写：

于是窃窃然而自念也，曰吾起乎？因思良人之出也，奔走惟恐
其后，使良人起而我不起，则闺阁之步又缓于男子。恐我起而良人
出，我出而良人渺矣。可若何？又忆良人之归也，趋赴每悔其晚。
使良人起而我始起也，则膏沐之事倍多于弁冕。恐起因犹在室而出
者已在途也。可若何？如是，则起之不可不蚤也。维时明星灿矣，
良人方踟蹰而欲兴，而中馈之人已难于梦寐；东方白矣，妾犹抱衾
裯而自若，而有心之妇已颠倒其衣裳。

这不像是在写八股，而是小说家的人物心理分析，他在发掘经书里
的小说因素。这样的思维方式和习惯，对他写八股是没有任何好处
的。司马迁的《史记》，时有小说意味，扬雄讽刺他"好奇"，一点
儿没说错。

诗笔和史笔

　　《聊斋志异》的出色，语言是一个重要的方面。文言小说的再现辉煌，语言是一个瓶颈，因为文言不宜于描写日常生活，难于叙述日常的对话。可是，蒲松龄以其出色的语言才能，克服了文言的障碍，用文言文描绘出日常生活的生动画面。

　　一般的叙述，蒲松龄用史笔，这是继承了志怪、传奇的传统，追根溯源，是继承了史传的传统。故事结尾的"异史氏曰"，也是从《史记》《汉书》学来。

　　故事中的判词和部分"异史氏曰"，从花判学来，用骈文写成，可以看出，蒲松龄的骈文功底非常深厚。《叶生》一篇的"异史氏曰"，非常出色，诗的华丽，兼有散文的流畅，这正是骈文的特色。《续黄粱》一篇中包拯的判词，更是一篇出色的花判。

　　《聊斋志异》中的爱情、艳情故事，多数属于一见钟情的类型，所以作者着力地写男女双方的第一次见面。写美人，常用诗笔，同时兼写男主角的感受与反应。"内坐二八女郎，红妆艳丽，尤生平所未睹。目眩神夺，瞻恋弗舍。"（《瞳人语》）"内一垂髫者，拈花微笑，樱唇欲动，眼波将流。朱注目久，不觉神摇意夺，恍然凝想。"（《画壁》）"贪近娇姿，不惟不觉其苦，且恐速峻割事，俔旁不久。"（《娇娜》）"弱态生娇，秋波流慧，人间无其丽也"，"生神志飞扬，不能自主，拍案曰：得妇如此，南面王不易也！"（《青凤》）"拈梅花一朵，容华绝代，笑容可掬。生注目不移，竟忘顾忌。"（《婴宁》）"年方及笄，荷粉露垂，杏花烟润，嫣然含笑，媚丽欲绝。生狂喜，引坐。"（《胡四姐》）"輧袖垂髫，风流秀曼，行步之间，若还若往。"（《莲香》）"见其风姿娟秀，着锦貂裘，跨小骊驹，翩然若画。归忆容华，极意钦想。"（《鲁公女》）"笑弯秋月，羞晕朝霞，实天人也。"（《公孙九娘》）

有些作品，目的不在写艳情写爱情，对女子的容貌之美，就一带而过。譬如写披着人皮的恶鬼，只有"二八姝丽"四个字。写侠女聂小倩，不突出其容貌之美："有一十七八女子来，仿佛艳绝。"写害人的狐女胡三姐，只有四个字："容华若仙。"写辛十四娘，写她的临危不乱，不突出她的外表："容色娟好。"写张鸿渐的妻子方氏，突出她的贤惠，有见识，只说她"美而贤"，怎么个美，没有具体的描写。红玉的描写，只有一个字："美"，因为主要写她对丈夫的爱。连琐这个女子，强调的是她和杨于畏的知己之爱，所以对她的美貌没有一个字的描写。《阿宝》着力写孙子楚的痴情，对阿宝的容貌没有一点描写。

《聊斋志异》中的对话常常使用口语化的文言，读来非常生动。有口吻，有神情，有气氛，有人物的心理活动。蒲松龄尤其善于描写女子之间的对话，婆婆妈妈，絮絮叨叨，琐碎繁杂，亲切热乎，生活气息非常浓厚。

结局种种

　　《聊斋志异》里提出了许多社会问题，摆出了许多社会矛盾。蒲松龄出于惩恶扬善的强烈创作意图，力图在每篇作品的结尾提出他的解决方案。大致有以下四种方案，常常是兼而用之。

　　一是寄托于清官。譬如《胭脂》一篇，一件冤假错案，最后是靠学使施愚山得以昭雪。《席方平》里，虽然席方平具有一种万劫不回的顽强精神，可是，最后还是二郎神替他做主，才得以复仇申冤。在《聊斋志异》中，靠清官解决问题的情况很少，因为蒲松龄对官府实在没有什么好感。而施愚山对于蒲松龄来说，却有终生难忘的知遇之恩。

　　二靠侠客。譬如《红玉》里，宋御史作恶多端，便有侠客见义勇为，"越重垣入，杀御史父子三人，及一媳一婢"。

　　三靠鬼神。这种情况在《聊斋志异》中最多。譬如冯生的冤案，靠狐女红玉的神异，冯生在狐妻的帮助下，"腴田连阡，夏屋渠渠矣"。辛十四娘的故事，也与此类似。邢云飞能够保住灵石，靠的是石清虚的神奇。张鸿渐屡次地逃过劫难，靠的是舜华的神通。成名能得以交差，是因为儿子之魂变促织。王六郎不忍母女替死，放弃了生的希望，感动上帝，封为土地。

四是主人公自己大富大贵，挤进富人或统治者的行列。张鸿渐杀了恶少，恶少家不敢告他，是因为张的儿子中了举，张又笼络其家，缓和了矛盾。(《张鸿渐》)孔生后来中了进士，授延安司李。(《娇娜》)宁采臣"果登进士。女举一男。纳妾后，又各生一男，皆仕进有声"。(《聂小倩》)孙子楚乡试抢魁，"明年，举进士，授词林。上闻异，召问之。生具启奏，上大嘉悦。后召见阿宝，赏赉有加焉"。(《阿宝》)张诚孝悌，"别驾出资，建楼阁；延师教两弟；马腾于厩，人喧于室，居然大家矣"。(《张诚》)成名以献促织受抚军殊宠，免去了徭役，"不数岁，田百顷，楼阁万椽"。(《促织》)马二混"自得妇，顿改旧业，门户一新。笥中貂锦无数，任马取着"。(《惠芳》)席方平如愿申冤以后，"家道日丰，三年，良沃遍野。而羊氏子孙微矣，楼阁田产，尽为席有"。(《席方平》)

小说史上的奇迹

　　《聊斋志异》的出现，堪称奇迹。如果我们视六朝志怪为古典小说的雏形，那么，唐代传奇便是文言小说的第一个高峰。汪辟疆先生所辑《唐人小说》，网罗了唐代传奇中最有代表性的作品，我们可以从中体会到唐代小说家的成就和贡献。唐代以后，文言小说一蹶不振，历经宋元明三朝的漫长历史时期，直至清代康熙年间蒲氏的《聊斋志异》出现，才迎来文言小说的第二个高峰。明代的《剪灯新话》，虽然影响很大，但是，它的思想艺术成就，依然无法和《聊斋志异》相比。也没有超过唐代小说的那些优秀之作。而《聊斋志异》简直就是文言小说的绝响，可以毫不夸张地说，《聊斋志异》足以和唐代传奇的总体成就相媲美。《聊斋志异》的异军突起，充分体现了作者蒲松龄的创作天才。唐传奇是一批作家支撑着一个时代的高峰，其中的优秀之作，大约有一百多篇，且大部分集中在中唐。而《聊斋志异》却是蒲松龄一个人的创作，蒲松龄以一人之功，一生之心血，撑起了文言小说的一个高峰，正如屈原一人撑起了一个诗歌的高峰一样。《聊斋志异》中的优秀之作，也有近五十篇。《聊斋志异》和唐传奇相比，显然带有更加自觉的文学意识，从这一点上来看，在中国的文言小说史上，蒲氏的《聊斋志异》带有"前不见古人，后不见来者"的性质。

一部文言小说集能够具有这种空前绝后的地位，必定同时具备了主观和客观两方面的条件。但是，要把这两方面的条件说清楚，却不是一件容易的事情。人们首先想到的，是蒲氏的天才，这是毫无疑问的，蒲氏确实是难得的天才。但是，我们要把这种天才的性质说清楚，同样不是一件容易的事情。如果我们不去具体地探讨这种天才的具体特点，找到他的与众不同之处，那么，所谓"天才"便只是一个抽象的贫乏的空洞。

如果我们把《聊斋志异》放到白话小说和文言小说、雅文化和俗文化互相渗透激荡的长河中去，或许可以解释文言小说的马鞍型发展，从而看出蒲松龄的天才性质。白话小说和文言小说的不同，首先是语言的不同。中国的语言自魏晋以后，因为骈文的兴起，使书面语和口语之间的距离越来越大。小说的发展要求更加地贴近生活，而贴近生活的口语显然比文言更加擅长描摹生活，尤其是生活中的细节。口语的活力是文言所无法比拟的，这就决定了白话小说必然战胜文言小说的历史趋势。从另一方面来看，白话小说需要吸收文言小说的创作经验和接受其各方面的积累。明清小说中一流的作品，无不体现出雅俗合流、雅俗共赏的特点。这种现象绝非偶然，它说明文言小说和白话小说之取长补短是古典小说向前发展的必由之路。

宋初的时候，文言小说的各类题材出现定型化的趋势，这一点从《太平广记》看得很清楚。我们不难从中感觉到文言小说的危机，感受到文人想象力的拘谨。文言小说是文人所写，也为文人所欣赏的作品，它反映的是雅文化的审美趣味和人生追求，所以它有意无意地和世俗的生活拉开距离。而小说的发展却是要求大踏步地走向世俗的生活，从文人的琴棋书画走向百姓的油盐柴米，从更为广阔的生活中去获得素材、汲取灵感。世界正由俗人所组成，不去写他们，又有多少事和人可写呢！小说要描摹一切，要把世俗的一切揽在自己的怀里，生活的最深刻的秘密正隐藏在平淡无奇的日常生活之中，而文言文却无法胜任这一任务。由此看来，宋以后文言小说的衰落绝非偶然。可是，为什么清代的《聊斋志异》却能在历经宋元明三朝之后，在唐传奇的群山峻岭之后再现峰峦叠嶂之美呢？我们将《聊斋志异》和唐人传奇中的代表作相互比较，就可以发现《聊斋志异》是文言写成的生活化的小说。虽然其中精怪迭出，但处处充满日常的生活情景，日常的人情世故，日常的生活情趣，日常的生活细节。《聊斋志异》中的对话非常精彩，有口吻，有语气，有神态，是文言中的口语，口语化的文言，这是一般作家做不到的。《聊斋志异》中的很多作品取材于民间故事，他所喜欢的《搜神记》就包含了很多民间的故事和传说。在文言的范围以内，民间的故事和传说比较适合用接近口语的文言来表达。但是，用文言来描摹日常的生活情景毕竟是非常困难的，所以能够出现蒲松龄这样的天才也是很不容易的。我们只要想想，散文从先秦发展到明代，才出现了归有光那种描写家庭琐事而极富人情的散文，也就不难明白，用文言来细致地描摹世俗人生，绝非一件容易的事情。《项脊轩志》《先妣事略》《寒花葬志》里那种非常生活化的描摹，如果编进故事，不是和《聊斋志异》的文字有异曲同工之美吗？蒲松龄以后，又有写闺房之乐的《浮生六记》，都是非常少见的作品。俗文化并不讳言对于雅文化的学习，宋元的说话艺人自称"幼习《太平广记》"，"《夷坚志》无有不览"，就是一个证明。但雅文化对俗文化的吸收却比较隐蔽而且非常的缓慢。宋元明清的文言小说，从总体上看，明显地在向白话小说学习技巧，表现出通俗化、世俗化的特征。由此可见，雅文化和俗文化的合流不但体现在白话小说中，也体现在文言小说的创作中，只是不太引人注目而已。《聊斋志异》正是这种吸收最成功的例子，其所体现的情趣，价值观念，审美观念，语言风格，无不显示出雅俗合流的特征。